Samuel Bäck

R. Meir ben Baruch aus Rothenburg

sein Leben und Wirken, seine Schicksale und Schriften - 1. Band

Samuel Bäck

R. Meir ben Baruch aus Rothenburg
sein Leben und Wirken, seine Schicksale und Schriften - 1. Band

ISBN/EAN: 9783743621442

Hergestellt in Europa, USA, Kanada, Australien, Japan

Cover: Foto ©Raphael Reischuk / pixelio.de

Samuel Bäck

R. Meir ben Baruch aus Rothenburg

R. Meïr ben Baruch

aus Rothenburg.

Sein Leben und Wirken, seine Schicksale
und Schriften.

GEDENKSCHRIFT

zur

sechshundertsten Jahreswende seines Todes.

Von

Dr. Samuel Back,

Rabbiner zu Prag-Smichow.

Erster Band.

Leben, Wirken und Schicksale.

Mit Subvention der Zunz-Stiftung in Berlin

FRANKFURT A. M.
1895.
J. KAUFFMANN.

Dem Andenken

meiner seligen Onkel

Emanuel und Daniel Eisler

in unwandelbarer Treue.

Vorwort.

Der Mann, den diese Schrift behandelt, ist der Schicksalsgenosse so mancher literarisch hervorragenden Persönlichkeiten, deren Schriften bei den Kundigen zu den bekanntesten und geschätztesten gehören, über deren Lebensgang aber selbst den Kundigsten wenig oder nichts bekannt ist. Diese besonders in der jüdischen Literatur häufig wiederkehrende Erscheinung hat ihren Grund in den unsäglich traurigen Verhältnissen der Juden im Mittelalter. Bei täglicher und stündlicher Bedrohung des Lebens, der Familie und des Eigenthumes ist man nicht situirt, die Lebensgeschichte einzelner Personen zu erforschen, um hiernach deren Lebensbilder und Charakterzüge zu zeichnen. Dazu gehören ruhige, sturmfreie Zeiten. In sturmbewegter Zeit kann der Forscher nur auf das Ganze seinen Blick richten, nicht noch den Lebensgängen Einzelner nachspüren.

So kam es, dass wir auch über die doppeltinteressante Persönlichkeit R. Meirs aus Rothenburg bei den älteren Bibliographen und Chronographen nur einzelne, kurze, dürftige Notizen finden und in weiterer Folge auch in den neueren und neuesten jüdischen Geschichts- und Literaturgeschichtswerken vergeblich nach ausführlichen, ein treues, volles Bild gebenden Mittheilungen aus seinem Leben suchen. Wohl hat zuerst der fleissige M. Wiener in seinen „Regesten", Hannover 1862, Vorwort, S. X—XVI, und in Frankels „Monatsschrift" 1863 S. 172, dann nach ihm Grätz, Gesch. d. J. B. VII S. 185—188 u. 190—191, und zuletzt nach beiden Adolf Neubauer in „Rabbins français" S. 453 ff. Materialien aus der Geschichte R. M.s gesammelt, aber einen Biographen hat

Meir Rothenburg bis heute noch nicht gefunden, was in Fachkreisen sehr häufig vermisst und gleichsam auch als literarischer Undank schmerzlich empfunden wurde. Noch vor zehn Jahren schrieb mein seither so frühzeitig abberufener Jugendfreund Dr. P. F. Frankl, Berlin, wehmuthsvollen Tones, dass R. M.s „Schicksale es wohl verdienen würden, einmal besonders erzählt zu werden." (Grätz-Frankl'sche Monatsschr. 1884, S. 7). Die vorliegende Schrift bringt nun die vermisste „besondere Erzählung" und unterbreitet sie hiermit der Beurtheilung der fachmännischen Leser.

Die Theilung meiner Schrift in zwei Bände hat ihren Grund in einer mich überfallenen schweren Krankheit, die mich eine längere Zeit am Arbeiten hinderte. Um nun ihr Erscheinen nicht abermals hinauszuschieben, entschloss ich mich, vorerst die Erzählung der Lebensgeschichte als ein abgeschlossenes Ganze in einem Bande herauszugeben und in Kurzem unter Gottes Beistand das Capitel „Schriften" und die hier versprochenen „Excurse" in einem zweiten Bande von gleichem Umfang folgen zu lassen.

Es erübrigt mir nur noch, meinen Dank abzustatten Herrn Prof. Dr. David Kaufmann, Budapest, der mir mehrfache interessante Mittheilungen, die der Leser hier an den betreffenden Stellen findet, aus handschriftlichem Material freundlichst zukommen liess, und zum Schlusse dem verehrlichen Curatorium der Zunz-Stiftung in Berlin für die Bewilligung einer namhaften Subvention zur Herausgabe dieser Schrift.

Prag-Smichow, im September 1894.

Back.

Einleitung.

Die Geschichtsbücher sämmtlicher Literaturen bieten die gleichmässige Erscheinung, dass immer eine bestimmte Periode ihren Lieblingsstoff bildet, dem sie vorzugsweise die unermüdlichste Ausdauer und hingebungsvollste Sorgfalt widmen. Wie die Historiker ihre Lieblingsperioden haben, deren Bearbeitung sie ihre ganze Wärme und Begeisterung entgegenbringen, so haben auch die Literaturhistoriker auf dem weiten Gebiete der Weltliteratur wie auf den engeren Gebieten der Einzelliteraturen ihre Lieblingspartieen, die sie mit erschöpfender Genauigkeit und erfrischender Lebendigkeit darstellen. Dort wird der Antheil eines einzelnen Volkes an der Weltliteratur, hier wiederum der Antheil eines einzelnen Zeitraumes, einer Generation, an der Entwicklung der betreffenden Einzelliteratur in den glänzendsten Farben geschildert, durch die blühendste Sprache verherrlicht, um noch die späte Nachwelt zur dankbarsten, von höchster Bewunderung getragenen Anerkennung der so feierlich vorgeführten geistigen Thätigkeit hinzureissen, während die literarischen Schöpfungen und schriftstellerischen Leistungen anderer Völker, anderer Generationen, geringere Beachtung finden.

In der jüdischen Literaturgeschichte bilden die Leistungen der spanischen Juden im Mittelalter diese Lieblingspartie. Mögen wir welches jüdische Literaturgeschichtswerk immer aufschlagen, so wird stets der unverwelkliche Lorbeer der Unsterblichkeit den spanischen Juden gereicht, deren Blüthezeit als die klassische Glanzperiode der jüdischen Literatur hingestellt und im überschwänglichsten Masse gepriesen wird, wogegen die gleichzeitigen Leistungen der Juden anderer Länder — als dürftig angesehen — nur gering angeschlagen wer-

1

den und darum im Verhältnis zu jenen einen verschwindend kleinen Raum darin einnehmen.

So entsendet Spanien hergebrachterweise den breiten Hauptstrom in die jüdische Literaturgeschichte, aus dem sie ihren Boden reichlich tränkt; und an den Ufern dieses Hauptstromes grünt und blüht es in ewiger Frische und Lebendigkeit. Italien, Frankreich und Deutschland hingegen senden nur vereinzelte schmale Streifen, die kaum das Auge erquicken, an deren Saume die Oede abgestorbenen Geisteslebens wehmüthig uns entgegenstarrt. Die Quellen über das geistige Leben und Streben der Juden im Mittelalter, die aus Spanien so stetig und reichlich fliessen, sie fliessen aus jenen Ländern nur selten und spärlich. Und dennoch ist die Kenntnis des gleichzeitigen Geisteslebens in jenen Ländern wichtig für die Erkenntnis des Entwicklungsganges der gesammtjüdischen Literatur und geradezu unentbehrlich zur Erforschung der Quellen unseres eigenen religiösen Ideenkreises, unentbehrlich zur Auffindung der in den entschwundenen Jahrhunderten vergrabenen Wurzeln unserer eigenen inneren und äusseren religiösen Welt. Denn die innere Entwicklung wie die äussere Gestaltung unseres ganzen religiösen Lebens, sie wurzeln im Geistesleben der d e u t s c h e n Juden welchen die f r a n z ö s i s c h e n Juden Muster und Vorbild waren, deren Lehrmeister wiederum die italienischen Juden waren.

Darum ist die Erforschung dieser bisher, trotz einzelner in den letzten Jahren diesem Literaturzweige gewidmeten Arbeiten, noch immer stark vernachlässigten und dadurch noch wenig bekannten Partie des jüdischen Literaturgebietes eine dringende Aufgabe. Erschwert aber schon dieser Mangel an gründlichen, auf das W e s e n der einzelnen literarischen Erzeugnisse eingehenden Vorarbeiten eine auch nur theilweise Lösung dieser Aufgabe, so wird sie noch mehr erschwert durch den oft bis zur Unergründlichkeit fehlerhaften Text des Quellenmaterials, das überdies in zahlreichen Werken zerstreut ist und erst gesammelt und gesichtet werden muss, um daraus ein klares Bild von der geistigen Strömung jener

Zeiten erhalten zu können. Die zahllosen Fehler und Lücken, die im Verlaufe der Jahrhunderte durch den Zahn der Zeit in den Handschriften und durch die Hand des Setzers in den Druckwerken entstanden sind, müssen erst richtig gestellt und richtig ausgefüllt werden, um das Quellenmaterial für eine solche Arbeit brauchbar zu machen.

Unter solchen Umständen ist eine erschöpfende, systematische Darstellung dieser Partie der jüdischen Literatur vorläufig nicht zu erwarten, und müssen wir uns vor der Hand mit der ehrlichen, auf ernster, gewissenhafter Quellenforschung basirenden Darstellung einzelner Theile begnügen, wodurch ihnen der ihrem Inhalte und Werthe entsprechende Platz in der allgemeinen jüdischen Literaturgeschichte angewiesen werden kann. Jeder fachgemässe Beitrag muss uns da willkommen sein, und der Bearbeiter eines solchen Theiles muss sich zu seiner Aufmunterung zurufen den alten Spruch des Rabbi Tarphon: לא עליך המלאכה לגמור ולא אתה בן חורין להבטל ממנה „Es liegt dir nicht ob, die Arbeit ganz zu Ende zu führen, du bist aber auch nicht von aller Pflicht frei, um dich ihr völlig zu entziehen". (Aboth III, 21.) Sagt ja auch Grätz bezüglich dieser Partie: „Während über die Träger der jüdisch-spanischen Cultur eine Fülle von Nachrichten vorhanden ist, muss sich die Geschichte der nordfranzösischen und deutschen Juden mit dürftigen Angaben begnügen. Darum, — meint er — ist für diese jede Notiz von Werth, weil sie Licht ins Dunkel zu bringen vermag" (Gesch. d. J., B. VI, Note I, 3.)

Hier soll nun eine Partie aus der Literatur der deutschen Juden des Mittelalters behandelt werden. Erklingen ja in den jüdischen Literaturvereinen unserer Tage oft genug die Namen der heute von Juden unbewohnten Städte des fernen Spanien, so mögen auch die Namen der heute n o c h oder w i e d e r von grossen intelligenten jüdischen Gemeinden bewohnten Städte des näheren Deutschland zu ihren verdienten Ehren gebracht werden. Die Namen: Speier, Worms, Mainz, Köln, Würzburg, Regensburg, Nürnberg können in der jüdischen Literatur neben den Namen: Cordova, Toledo,

1*

Barzelona, Saragossa, Valencia, Granada und Tortosa in Ehren
genannt werden. Schreibt doch der Spanier Isak bar Schescheth
im vierzehnten Jahrhundert: „Denn von Frankreich geht aus
die Lehre und das Wort Gottes von Deutschland; von ihrem
Wasser trinken wir, sie erklärten uns alles Verschlossene,
ohne sie wäre der Talmud ein versiegeltes Buch geblieben."[1])

Und so führt diese Schrift den Leser dahin in jene
Städte Deutschlands und versetzt ihn um sechs Jahrhunderte
und darüber in die Vergangenheit, in das dreizehnte Jahrhundert zurück. In diesem Jahrhundert lebten und wirkten,
wie in den zwei früheren Jahrhunderten, an der Spitze jener
Gemeinden Männer, deren Namen ewig zu den klangvollsten
in der jüdischen Literatur gehören werden, Männer, die
noch zu dem Gelehrtenkreise der Thossafisten gehörten, bei
welchen wir auch ihren Namen fast auf jedem Blatte unserer
Talmudausgaben begegnen. Um jeden Einzelnen dieser Männer
schaarten sich zahlreiche wissbegierige Jünger, die die Lehren
und Aussprüche der Meister aufzeichneten und weiter ver-
breiteten, wodurch diese einen bleibenden mächtigen Einfluss
auf weite Kreise erlangten. Viele dieser Männer standen in
solch hohem Ansehen, dass ihr Rath in schwierigen religiösen Fragen von Einzelnen sowohl wie von ganzen Gemeinden aus Nah und Fern eingeholt wurde, und den von
ihnen getroffenen Entscheidungen wurde eine solche Autorität
beigelegt, dass man sich auf sie als massgebende Gesetzes-
bestimmungen noch nach Jahrhunderten in gleichen oder
ähnlichen Fällen beruft.

Der angesehenste von Allen aber war — wenn wir
von dem um zwei Menschenalter früheren Elieser ben Joël
Halewi absehen — Rabbi Mëir ben Baruch aus Rothenburg,
in der Literatur: מהרים מרוטנבורג, abbrevirt: מורנו הרב רבי מאיר,
genannt. Er ist der glänzendste Stern, der vor Beginn des
sechsten Jahrtausends unserer Zeitrechnung am Himmel der

---

[1]) כי מצרפת תצא תורה ודבר ה' מאשכנז ומימיהם ומימיהם אנו שותים והם פירשו
לנו כל סתים ובלעדיהם היה התלמוד בדברי הספר החתום (הריב"ש סי' סע"ג).

jüdischen Literatur in Deutschland aufgegangen ist und in
finsterer Zeit helles Licht in die Hallen der jüdischen Lehr-
häuser Deutschlands und weit darüber hinaus ausgestrahlt
hat. Von den Zeitgenossen wie in der ganzen Folgezeit wird
sein Name mit der höchsen Verehrung genannt; und seit
mehr als sechs Jahrhunderten gehört er zu den meistge-
nannten und populärsten Männern in der halachischen
Literatur. Noch heute in unseren Tagen ist der Name dieses
grossen Lehrers von entscheidendem Einfluss auf halachischem
Gebiete. Viele unserer religiösen Bräuche und liturgischen
Einrichtungen tragen in unseren Ritualwerken den Namen
מהר״ם מרוטנבורג als Quelle an der Stirne, und in zweifelhaften, schwierigen Fällen bildet er noch heute eine der
Hauptstützen und hat eine der Hauptstimmen für die zu
treffende Entscheidung.

Verdient schon darum das Leben und Wirken dieses
vielgefeierten Mannes endlich einmal ausführlich und ein-
gehend dargestellt zu werden, so macht das hochtragische
Geschick, das dieser grosse Lehrer erlitten und mit beispiel-
loser Geduld und Ergebenheit ertragen hat, die Darstellung
seines Lebens und Wirkens zur dringenden, heiligen Pflicht.

Diese alte, bisher nicht getilgte Ehrenschuld will nun,
anlässlich der sechshundertsten Jahreswende seines Todes,
diese Schrift abzutragen versuchen. Es soll hier seine äussere
Lebensgeschichte zum erstenmale möglichst genau dargestellt, dann seiner Lehrthätigkeit und literarischen Wirksamkeit eine eingehende Untersuchung gewidmet und darnach entsprechend gewürdigt werden.

I. Capitel.

Abstammung, Heimath und Lehrer R. Mëirs.

Rabbi Mëir entstamte einer Familie, in der talmudische Gelehrsamkeit heimisch war. Sein Vater Rabbi Baruch war talmudisch gelehrt[1]) und war Mitglied eines Rabbinatscollegiums[2]), wahrscheinlich zu Worms. R. Baruch befasste

[1]) In Mardechai zu Baba Mezia, Abschn. VI. § 346, findet sich eine Beweisführung des R. Baruch aus dem Sifre für die Unanfechtbarkeit des Rechtssatzes, dass einem erkrankten Lehrer auch für die Zeit seiner Krankheit der volle Lohn gezahlt werden muss; diese tradirte Beweisführung leitet Mardechai ein mit den Worten: והרב רבי' ברוך אבי רבי' מאיר הביא ראיה מסיפרי.

In der Responsensammlung R. Meirs, ed. Lemberg, beginnt Resp. 311, betreffend eine nähere Bestimmung des Challa-Gebotes, mit den Worten: שאלני אבא מרי, es fehlt aber dabei die Unterschrift des Respondenten; doch in dem mit dieser Sammlung zugleich angelegten Index heisst es ausdrücklich: תשובת סידור מאיר לאביו היר' ברוך ששאלו.

In der letztedirten Sammlung, Berlin, Handschr. Amsterdam II. Resp. 54, schreibt er (R. Meir): וביתצקי סים על ידי רבית בצרפת ובירני ששאל' מרי אבי ולההה את מרי' הרב וצ"ל אם ימי סיהר נזהני' בזה וזה ומי מרי' הרב תסה בדבר סאד וב' אינך ידע שימי סוהר נזהוין ורא ליבא סאן דפלי' ובן אמר לי לכתיב לי ובשיבי לזה הסלבית שמעתי בני אדם אוסרי' שהאולאסי ב' שאינם נוהגי'... והקדקתי בדברי ועלה בידי באשר בתבתי לך והמסיר יחסיר והמוקל לא הוסיד.

In derselben Sammlung, Handschr. Parma, beginnt Nr. 60: שאילת היר ברוך לתאוה היר' אליעזי הלוי אשאלך יהודיעני איך יצאה הוראה סלפניך עתה בשבועת הקרקעית אם בשבעי' עלה הלה שבועת היסת מדרבנן. Im Verlaufe der Anfrage erzählt der Respondent: ורבי' שמחה und schliesst mit זה הוא ועקירת הסקרא, worauf dann die Antwort des Elieser ben Joel Halewi folgt. Dieser R. Baruch dürfte identisch sein mit dem Vater R. Meirs, der ein Zeitgenosse Eliesers war und der sich auch noch anderweitig auf ihm gewordene Entscheidungen des R Simcha beruft. Vgl. weiter S. 8 Anmerkung 1.

[2]) Ein das Wechselrecht betreffendes Responsum R. Meirs an

sich auch mit der Erklärung der Pijutim[1]). Ein glänzendes Zeugnis aber wird dem Vater R. Mëirs ausgestellt in der bis zum heutigen Tage erhaltenen Inschrift seines Grabdenkmals in Worms[2]).

---

seinen Vater R. Baruch: מורי אבי הר׳ ברוך findet sich in den Ed. Cremona, N. 81, Prag N. 919 und Berlin, Handschr. Amsterdam H., N. 100. In Cremona und Berlin respondirt er in derselben Nummer zuerst an ein unbenanntes Collegium: לחאלפני ילסעירבני: hieran anschliessend hat Cremona: אחרי כן שלח אבי עבור אותי הדין כי הוא כמו anschliessend hat Cremona: אחרי כן שלח אבי עבור אותי הדין כי הוא כמו. Berlin hat: אהיב שלח לי אבי עבור אותי הדין עצמו כי גם ישב דיין היה מַסַּם בדין ויהשיב לי זאת התשובה. Das angefügte Schreiben an den Vater beginnt: שני כתיבים הבאים כאחד זה מדבר זה זה בא מורי אבי הר׳ ברוך אתה ורעיך שאלתוני עיו הדין שבבר נשאלתי עליו והנה תשובתי שבתבתי להם שיש לכלבם יהא חנין יהא התשובה, und schliesst in Cremona: וישלים בנך מאיר פ׳ אבי ינדל בנפש תולעתך מאיר בנך, in Prag: מאיר בנך, in Berlin Fehlt dem Resp. die Unterschrift.

In ed. Prag bildet das Schreiben an das Collegium das Resp. N. 50, während sich der mit יסה שבתרבת שאחר כן העדיים היא עתה קדיש beginnende Theil desselben, der in ed. Lemberg, N. 355, damit zu einem Respons, verschmolzen ist und in ed. Berlin sich ihm unmittelbar als Respons, N. 101 anschliesst, hier als Resp. 115 findet, das sich im Resp. 919 an den Vater gekürzt wiederfindet. Durch diese Trennung und so weite Auseinanderrückung dieser zusammengehörenden Schreiben an das Collegium und an den Vater ist hier der ganze in den anderen Sammlungen so klare Passus von שני כתיבים bis יהא התשובה nicht recht verständlich. In Folge dieser Auseinanderrückung fehlt hier natürlich auch das אחרי כן שלח אבי עבור אותי הדין wie auch nur hier in N. 50 das Falsche וזהיב beim Namen des Vaters sich einschleichen konnte, anstatt des richtigen שיחיה der übrigen Quellen. In der Lemberger Sammlung fehlt das Schreiben an den Vater.

[1] Die in der Hamburger Bibliothek handschriftlich vorhandenen Piut-Erklärungen seines Sohnes R. Meir führen öfter Erklärungen von hm an. Siehe Zunz, Ritus, S. 195, wo die einzelnen betreffenden Piutstücke angegeben sind.

[2] Mitgetheilt von Lewysohn in seinem נפשות צדיקים N. 16. Im Interesse unseres Gegenstandes setzen wir sie hieher:

זוכר צדיק לברכה, ציון זה נערכה, עלי מעשיו הישרים
היא הכה את האריה, ביום שלג בלי, נשא לעורת ציד בנברים
תלמידו (L. תלמידה) כמי עיניך, היא הרב ר׳ ברוך, בצאל צדיק ראש תרים
נכר חכם בעין עלה, כפסילה (כמסוילה L. העין עלה, ליושבי נגב חבריה
בשם טיב בא להתקרב, עבודתי עדי ערב, ערב יכפר השרים
יהד אמיר עָתי, שיאשיתי עד אהרית. אשר קבע בבל שוחרים

In dieser werden an R. Baruch rühmend hervorgehoben:
seine mit ausserordentlicher Frömmigkeit gepaarte Gelehrsamkeit, seine glänzende, vielbewunderte Beredtsamkeit und
allgemeine Beliebtheit, endlich mit ganz besonderem Nach-
drucke seine noch im hohen Greisenalter jugendliche
Körper- und Geistesfrische. Wahrscheinlich war Worms
seine Vaterstadt, da man daselbst, wie das Epitaph besagt,
seine früheste Jugend ebenso genau kannte, wie sein Greisenalter[1]).

_____

גבר ישיש ותחכמני, יפה עין יארסוני, היה אדיר באדירים
היא נאפף אל האהל, למחנת טוב אצר יהל, עם פשבילים פוהירים
יפצא חן ושכל טוב, בשיבתי בן רטב, בפי בתי הפעירים
בני דורו היה פבלבל, בדעי פופר השכל, בשעתי חן הקרים
פרי צדיק פקור חיים, פרן פעין לכל איים, פפון נפך ופפירים
ארום לא עפויהי, פאילו חי בעית היא, קם בני תחתי לשרים
ויהי בחרש הראשון, אשר נכבה פאיר אישון, נב לחיי פפאריס
יהי שלום פנחתי, צריר חיים פפידתי, עם צדיקים אבירים
אמן אא פלה.

Nach Zunz l. c. haben auch die handschriftl. Piut-Erklärungen:
בריך בפו ל: vielleicht abbrevirte man בן פאיר ובריי לבבכה euphemistisch
בפו ל, um in בריך בפו ל Segen mit Glück zu verbinden. Hier im Epitaph
mag bei צדיק בפו ל בריך an פול צדק zu denken sein. Unser Meir
hiess also nach seinem Grossvater.

Die vier mit Punkten versehenen, das Wort האהל bildenden
Buchstaben, deren Zahlenwerth 41 beträgt, sollen zugleich das Sterbe-
jahr als das 41ste des sechsten Jahrtausends angeben; zu Anfang eines
neuen Jahrtausends war es noch mehr als heute üblich, die Tausende
wegzulassen. Darnach starb er im Nissan (ובחרש הראשון) 5041 = März
oder April 1281.

Das קם בני תחתי לשרים, das sich ohne Zweifel auf seinen
Sohn R. Meir bezieht, beweist gleichfalls, dass auch R. Baruch eine
hervorragende amtliche Stellung, wohl als Mitglied des dortigen
Rabbinatscollegiums, eingenommen hat.

[1]) Respons. 506 in ed. Prag sagt, es sei gestattet, für den
Freitag-Abend das Sabbathlicht in der Wohnung anzuzünden und die
Mahlzeit beim Tageslicht im Freien einzunehmen. Hierauf heisst es:
ובן העיד פהר"ר בריך אבי של פוריני וצל שראה אדם נדיל ביירפשא
בן נ:בנ:. Ed. Lemb., N. 430 heisst es diesbezüglich: והניד בשם אבי הר
תשב"ן. Auch בריך שאפר שאפר בשם רבי שפחה דל שריה רגיל העשית בן בקין
ואפר שאביו רבי בריך אפר לי שרבינ: N. 3. ed. Goldmann, Warschan, hat:
שפחה פשפירא היה פפית רגיל העשית בן בקין.

Dass R. Baruch ein selten hohes Alter erreichte, geht auch aus den Werken seines Sohnes hervor. In den Gutachtensammlungen R. Mëirs sind die allermeisten Responsen noch beim Leben des Vaters und nur eine verhältnissmässig geringe Zahl nach dessen Tode abgefasst[1]).

R. Baruch starb also als hochbetagter Greis, wo sein Sohn schon auf dem Höhepunkte seines Ruhmes stand oder

---

Ein handschriftlicher Jozer R. Meirs für Sabbath ראה ist überschrieben: זאת היוצר יסד הרב ר' מאיר פייטשיבינג בן הרב ר' ברוך ז״ל. Zunz, »Literaturgeschichte«, S. 361, N. 4.

[1]) Ausserdem ist noch häufig das dem Vaternamen beigefügte ז״ל nachweislich falsch, wofür dasselbe Responsum in anderen Editionen das richtige שיחיה hat. Vgl. die vorletzte Anmerkung. Respons. 500, ed. Lemberg, lautet die Unterschrift: מאיר בר' ברוך הריני בצרת משבר . . . . . וברוך צהי' כי נחמתני וכי דברת על לב עלב הדי הזה. Auch N. 245, ed. Berlin. Handschr. Amsterd. II, ist unterschrieben: העלֶ מאיר בר' ברוך הב. Sie sind also im Trauerjahre nach dem Vater abgefasst.

Dass R. Meir im Trauermonat nach dem Vater ein Sohn geboren worden sei, was Zunz »Literaturgeschichte«, S. 358, aus dem von ihm a. O. in der Anmerkung, N. 7, nach Opp. 1284 Q. § 158 angeführten סהרי הרם היה בעל ברית תנך לי של אבי ז״ל ונחן בליה behaupten will, ruht auf einem Irrthum. Unter בעל ברית versteht man nicht — wie Zunz irrthümlich annahm — den Vater des Kindes, sondern den זקן, der hebräisch בעל ברית heisst. Siehe תשובית מהרי״ל ed. Fischer, Krakau 1841 N. 116 וכחמין דר' יעקב השטה הבעל ברית לאבי הבן וכן של אבי היה בעל ברית יחל. Vgl. ferner וכן לברית מילה בשהיא N. 423: ed. Goldmann, Warschau 1875 אבי הבן או מוהל או בעל ברית או בשהיתן עצמו אבל או ברת. Auch die Frau, die das Kind von der Wöchnerin nahm und zur Beschneidung brachte, heisst: בעלֶת ברית. Siehe מהרי״ל ed. Lebensohn, Warschau 1874, S. 67 b, אמר מהרי״ל דכתב בהגה מהרים בעלֶת ברית לישׁל הילד שהיא האשה וכוללת להילוכי לבהכ להטיל קייבוני עד סתח בית ולא תכנס אל תי להיות ג״כ סנדון לשם להטיל היתר היה על ברכיה ססט סריצת שתלך אשה ב אנשׁ. (Vgl. hierüber רשב״ץ. N. 397.) Ferner das 67a: יו״ל ספר הסרנב סי' קנ״ח אבל סותר להיות בעל ברית בכל יום. סהרים היה בעל בר בהכנסת להטיל קייבוני תנך ל' יום של אבי ונחן בהלוה בלילה שלאני הטיל. S, auch Aguddא, Bab. Mez. בשאדם איסר לחביו היה בעל בית שלי. Sagen wir doch im Tischgebet nach dem Beschneidungsmahle: הרחמן הוא יברך את החתן הזה יבעל ברית' יאת אביו יאת אמ.

R. Meir bekam also keinen Sohn, sondern war סנדק im Trauermonat nach dem Vater. Noch heute ist es üblich, mit dieser heiligen Function einen אבל zu betrauen.

ihn schon überschritten hatte. Diesem gelehrten, greisen und, wie das Epitaph besagt, von Allen geliebten und hochgeschätzten Vater hat gewiss auch der gelehrte Sohn stets die grösste Hochachtung entgegengebracht. Ein Umstand, der hier zur Ehrenrettung des grossen Sohnes wie zur richtigen Werthschätzung des gelehrten Vaters ganz besonders hervorgehoben werden muss.

Es findet sich nämlich bei Ascher ben Jechiel, dem berühmtesten Schüler R. Möirs, die Mittheilung: „dass R. Möir aus Rothenburg von dem Tage an, wo er seine hohe amtliche Stellung erlangt hatte, seinen Vater nicht besuchte und auch nicht wollte, dass dieser zu ihm komme"[1]). Diese befremdende Erzählung Ascheris machte dann in der ganzen Folgezeit die Runde durch alle einschlägigen Werke und warf natürlich einen tiefen Schatten auf den Charakter R. Möirs, der seinen Hochmuth in der unkindlichsten, herzlosesten Weise selbst seinen Vater hätte fühlen lassen. Nun entstand aber die Frage, wie vertrüge sich dies einerseits mit seiner hohen Frömmigkeit, anderseits mit seiner sonstigen geradezu übermässigen Bescheidenheit, die überall in seinen Werken uns entgegentritt? Wie konnte, um die Frage zu verschärfen, derselbe Sohn, der seines Vaters Piut-Erklärungen unter seine aufnahm, der in dem Schreiben an diesen Vater sich: „einen Wurm" (תולעתך) nennt, wie konnte er demselben Vater gegenüber, der Mitglied eines Rabbinats-Collegiums war, einen solchen Hochmuth hervorkehren? Angesichts dieser Schwierigkeit griffen Manche zu dem verzweifelten Auskunftsmittel, R. Möir aus Rothenburg und R. Möir ben Baruch als zwei verschiedene Personen hinzustellen und meinten, der Vater unseres R. Möir sei gar kein Gelehrter gewesen[2]). Doch abgesehen davon, dass auch dies

---

[1]) אמר עליו על רבי מאיר מרוטנבורג zu Kidduschin I. § 57. שמעים שעלה לגדולה לא הקביל פני אביו ולא רצה שאבי יבא אליו.

[2]) Siehe hierüber Asulai, שם הגדולים I. Artikel: (מאיר) מהר״ם מרוטנבורג, wo unser R. Meir in letzter Consequenz jener Hypothese auch zum Levi gemacht wurde, welches Epitheton ihm noch mein verklärter Freund P. F. Frankl beilegt (Gratz-Frankl'sche Monatsschr. 1884, S. 7.

noch immer nicht ein solch hochmüthiges Benehmen dem
Vater gegenüber entschuldigt, ist ja nach dem Vorgebrachten
die Gelehrsamkeit des Vaters sattsam erwiesen, zumal nach
der seitherigen Auffindung seines Grabsteins mit dem des
höchsten Lobes vollen Epitaph.

Da man dies also nicht gelten lassen konnte, so trat
zuerst Asulai mit der Behauptung auf, dass hier durch
einen Copisten-Fehler oder durch Namen-Verwechslung ein qui
pro quo vorliege; es sei dies aber nicht von unserem R. Meir,
sondern von R. Meir ben Todros Halewi Abulafia aus
Toledo erzählt worden, und er beruft sich hiebei auf den 1334
verstorbenen Rabbenu Jerucham, bei dem es heisse:
„von Rabbi Meir Halewi erzählte man sich" u. s. w. „und
es ist vielleicht dies die richtige Leseart", meint Asulei, „und
ist R. Meir Halevi gemeint, bei Ascheri aber hat sich ein
Schreibfehler eingeschlichen".[1] Grätz, in seiner Vorliebe zu
Emendationen, schliesst sich dem an und hält damit diesen
Punkt für erledigt.[2]

---

[1] Ibid.: יבר סן דין כי רבינו ירוחם נ'א חד כתב רסיה אסרי עליו כי
סיום סעלה לנהלה וכי ואסשר שו נסחא עיקרית יהוא הרסיה ונפל סם
בהראש.

[2] Er schreibt von R. Meir Abulafia: »Seine Aufgeblasenheit ging
so weit, dass er, seitdem er einen hohen Rang in der Toledaner Gemeinde
einnahm, seinen edlen, gebildeten und hochgelehrten Vater Todros
Abulafia in Burgos nicht besuchte, um seiner Ehre nichts zu vergeben«.
(Gesch. d. J., VII. S. 34). Als seinen Gewährsmann hiefür nennt er in
der Anmerkung: Abraham Zakuto. Wir werden die betreffende Stelle
bei Zakuto bald kennen lernen. Warum sich Gr. auf diesen und nicht
auf den um zwei Jahrhunderte früheren Rabbenu Jerucham, den
Gewährsmann Asulais, beruft, ist nicht abzusehen. Bezüglich der
kritischen Stelle bei Ascheri sagt er dann in derselben Anmerkung:
»Merkwürdigerweise hat Ascheri diesen Meir Abulafia mit seinem
Lehrer Meir von Rothenburg verwechselt und diesem den Hochmuth
gegen seinen Vater zugeschrieben, was von jenem gilt«. Grätz fühlte
wohl selbst das Undenkbare, anzunehmen, Ascheri, dieser treueste
Schüler und intime Freund unseres R. Meir, hätte diesen
mit einem Anderen verwechselt, darum schreibt er im selben Satze
weiter: »wenn nicht in dem Satze: אסרי עליו על רבי מאיר סרוטנבירג
das Wort »von Rothenburg« der Zusatz eines Copisten ist. Denn
Ascheri musste besser über seinen Lehrer unterrichtet sein. Diesen

Auch Lewysohn kommt zu diesem Resultate, fügt aber
noch als neues Argument für die Emendationsberechtigung
hinzu, dass „Ascheri, der Schüler des Meir, jene Angabe in
Betreff seines Vaters nicht vom Hörensagen (אמרו עליו), sondern viel bestimmter ausgedrückt haben würde"[1]). Wieso
aber dieser „Zusatz" מרוטנבורג in den Text kam, darüber
schweigen Alle. Man könnte sich die Geschichte dieses Zu-
satzes in folgender Weise zurechtlegen. Der Text konnte
ursprünglich gelautet haben: אמרו עליו על רבינו מאיר בר״ם als
Abbreviatur für בר טורדום oder für: בין ר׳בי ם׳ודרום. Aus
diesem בר״ם wurde leicht מר״ם, was dann für das abbrevirte:
מרוטנבורג gehalten und nachher auch in dasselbe aufgelöst
wurde. Hatte man einmal רבינו מאיר מר״ם vor sich, so lag,
so zu sagen, die Sünde vor der Thüre, den Text Ascheris
durch Auflösung der fraglichen Abbreviatur zu verdeutlichen.

Bei alledem aber erscheint uns diese Emendation nicht
als die richtige Lösung dieser Schwierigkeit. Vor Allem erscheint es denn doch etwas zu gewagt, an einer Stelle, die
sämmtliche Autoren, die diesen Gegenstand
behandeln, in derselben Fassung wiedergeben, in der
sie auch die Codificatoren — darunter Josef Karo und Mose
Iserls — durch Jahrhunderte schon vor sich hatten, so dass
sie, wie sich zeigen wird, als halachische Gesetzesbestimmung
in den Schulchan Aruch aufgenommen wurde, an einer solch
alteingebürgerten Stelle eine Emendation vorzunehmen. Zwei-
tens aber ist nicht einzusehen, wenn Ascheri — was ja diese
Emendation bezwecken soll — dasselbe erzählte, was der spätere
Zakuto erzählt, wozu es dann Ascheri überhaupt erzählte.
Dem Geschichtsschreiber geziemt es, die Handlungen
grosser Männer unparteiisch, wahrheitsgetreu vor den Rich-
terstuhl der Geschichte zu bringen, um sie darnach richtig
zu beurtheilen. Bei dem strengen Halachisten Ascheri

Irrthume, meint Gr. zum Schlusse „haben Viele sich zu Schulden
kommen lassen. (das. S. 33, Anm. 2.) Das ist also genau dasselbe,
was wir schon bei Asulai finden.

[1]) In משות צריקים: S. 29.

aber sieht man durchaus nicht ein, wozu er dann überhaupt
diese pikante Geschichte erzählen würde? Endlich verliert
diese Emendation den l e t z t e n R e s t j e d e r B e r e c h t i -
g u n g dadurch, dass mit ihr gar nichts erreicht ist, indem
Z a k u t o d u r c h a u s n i c h t dasselbe von Meir A b u l a f i a
erzählt was Ascheri von Meir aus R o t h e n b u r g erzählt;
es müsste denn zu der einen Emendation erst n o c h e i n e
z w e i t e h i n z u k o m m e n.

Zakuto erzählt von Meir Abulafia: „Seitdem er eine
hohe Stellung einnahm, ging er nicht zu seinem Vater,
a b e r s e i n V a t e r k a m z u i h m".[1] Ein unqualificirbares
Benehmen eines Sohnes gegen den Vater, das uns zur
strengsten Verurtheilung herausfordert.

Wesentlich Anderes erzählt Ascheri von Meir Rothenburg,
das hier sofort klargestellt werden soll, wodurch j e d e Emendation als ganz unnöthig und u n s t a t t h a f t sich erweisen wird.

Das Wissen wurde schon in den ältesten Zeiten im
Judenthum so hochgeschätzt, dass wir schon in der Mischna
den Lehrer in mehrfacher Beziehung vorangestellt finden dem
Vater; was sie mit den schönen Worten begründet: „Denn
führte ihn der Vater in diese Welt ein, so führt ihn der
Lehrer, der ihn Weisheit lehrt, zum ewigen Leben der zu-
künftigen Welt".[2] Liest man aber im Talmud die ins Mi-
nutiöseste ausgearbeiteten einzelnen Vorschriften, die das
Verhalten des Schülers gegen den Lehrer regeln: so müssen
wir nur staunen über die strenge und stramme Disciplin, die
hierin gehandhabt wurde. Unsere heutige Schuldisciplin hält
keinen Vergleich mit ihr aus. Wir könnten sie nur mit der
heutigen Armee-Disciplin vergleichen.

So lautet eine der diesbezüglichen Vorschriften: Der
Schüler hat den Lehrer, sowie dieser in seinen Gesichtskreis

---

[1] ‏ישים שעלה לגדולה לא הלך אל אביו אבל אביו בא אליו‎.
Juchasin s. v. Grätz a. a. O lässt, mit oder ohne Absicht, sowohl
im Texte wie in der Anmerkung, den Nachsatz ‏אבל אביו בא‎
‏אליו‎ gänzlich weg.

[2] ‏שאבי הביאו לעולם הזה ורבו שלמדו חכמה סביאו לחיי העוהב‎
In den Talmudausgaben, B. Mezia 33 a.

tritt, (מלא עיני) stehend zu erwarten und hat in dieser Stellung zu verharren bis der Lehrer wieder seinem Gesichtskreise entrückt ist.[1]) (עד שיתכסה ממנו שלא יראה קומתו.) Ferner darf sich der Schüler in Gegenwart des Lehrers nicht setzen und auch nicht von seinem Sitze sich erheben, wenn der Lehrer ihn nicht ausdrücklich hiezu einladet oder der Schüler dessen Erlaubnis sich eigeholt hat; und selbst wenn er sitzt, hat der Schüler so stramm da zu sitzen wie vor einem König.[2])

Diese Vorschriften galten aber nicht etwa blos für den Schüler im engsten Sinne, der noch den Unterricht des Lehrers geniesst, sie galten auch für erwachsene reife Männer, die oft schon selbst geachtete Lehrer in Israel waren und eigenen Lehrhäusern vorstanden. Das talmudische Grundprincip hierin lautet: Wem man einen bedeutenden Theil seines positiven Wissens, sei es durch directen mündlichen Unterricht oder durch indirecte schriftliche Belehrung, zu verdanken hat, dem hat man lebenslänglich die Ehren eines Lehrers zu erweisen.[3])

Bei solch hoher Auszeichnung des Lehramtes musste im Talmud natürlich die Frage auftauchen: wie es zu halten sei, wenn der Sohn der Lehrer des Vaters geworden ist? muss er auch da noch als Sohn sich vor dem Vater erheben, oder hat er als sein Lehrer dies zu unterlassen?[4]) Es tauchte sogar die weitergehende Frage auf: ob in einem solchen Falle nicht der Vater vor dem Sohne als seinem Lehrer sich zu erheben habe?[5]) Beide Fragen lässt der Talmud unentschieden. Hieraus concipirt nun Ascheri als Norm für das praktische Leben: In solchem Falle haben beide, Vater

[1]) B. Kidduschin 33 a, Maimuni, Hilch. Talmud Tora Abschn. 5. Hal. 7 und Abschn. 6. Hal. 7. Vergl. Jore Dea 242, 16.

[2]) Maimuni und Jore Dea a. a. O.

[3]) Von den vorgeschriebenen Ehrenbezeugungen gelten manche blos für den Lehrer שריב חכמת סתו: die übrigen hingegen auch für den שלא לסר ריב חכמת סתו: s. Jore Dea, 242. § 30 und 244. § 10.

[4]) Kidduschin a. a. O. בנו והוא רבו מהו לעמוד מפני אביו

[5]) בנו והוא רבו מהו שיעמוד אביו מפניו.

und Sohn, sich g e g e n s e i t i g vor einander zu erheben¹).
Nachdem er dies als halachische Norm aufgestellt, erzählt er
sofort jenes seither vielcitirte: אמרו עליו על רבי מאיר מרוטנבורג
שמיום שעלה לגדולה לא הקביל פני אביו ולא רצה שאביו יבא אליו
„Man erzählte sich von R. Mëir aus Rothenburg, dass er
seit dem Tage, wo er zu einem hohen Range gelangt war,
seinen Vater nicht besuchte und nicht wollte, dass sein Vater
zu ihm komme." Das Vorangegangene lässt gar keinen
Zweifel über den wahren Grund dieses für den ersten Augen-
blick so auffallenden Benehmens R. Mëir's zu. R. Baruch
verehrte gewiss seinen grossen, als Lehrer in Israel hochgefeierten Sohn, dessen Rath auch er, gleich tausend Anderen, in schwierigen, zweifelhaften Fällen eingeholt hat, als
seinen geistig ihn hoch überragenden Lehrer; und bei der
ausserordentlichen Frömmigkeit, die im Epitaph dem R.
Baruch nachgerühmt wird, wollte er sich gewiss nicht nehmen
lassen, seinem von ihm wie von aller Welt hochverehrten
Sohne die Ehrenbezeugungen zu erweisen, wie sie dem Lehrer
gegenüber vorgeschrieben sind. R. Mëir war aber dazu v i e l
zu b e s c h e i d e n, sich von seinem Vater solche Ehren erweisen zu lassen. Da aber der Vater aus Frömmigkeit darauf
beharrte, blieb R. Mëir nichts Anderes übrig, als jede öffent-
l i c h e, o f f i c i e l l e Begegnung mit dem Vater zu vermeiden²).
Ascheri will offenbar mit dieser Erzählung diesen Vorgang
seines Lehrers etwaigen grossen S ö h n e n der Zukunft zur
Darnachachtung empfehlen³). Genau so fasst die Stelle auf

---

¹) ספיקא דאורייתא היא ויעמרו זה מפני זה Ascheri z. St.

²) Vertrauliche Besuche, wo kein Dritter dabei war, bei welchen
solche Ehrenbezeugungen — namentlich vom Vater dem Sohne gegenüber
— nicht unbedingt erwiesen werden müssen, (S. הלכות כבוד אב zu רס״א
זא: 240. § 7.) konnten sie sich schon gegenseitig machen und machten
sie sich auch gewiss, nur öffentliche Besuche (בפרהסיא) wollte R.
Meir mit seinem Vater nicht austauschen, um dieser höchstpeinlichen
Situation aus dem Wege zu gehen. Man beachte auch den Ausdruck
לא הקביל פני אביו bei Rothenburg und לא הלך אל אביו bei Abulafia.

³) Ascheri rechtfertigt auch damit seine v e r e i n z e l t da-
stehende Normirung: ויעמרו זה מפני זה, denn alle übrigen, Rabbenu
Chananel, Jizchak Alfassi und Maimuni, decisiren: והאב שהיא תלמיד

Mose Isserls. Josef Karo decisirt diesbezüglich: „Wenn der Vater der Schüler des Sohnes ist, hat sich jeder von ihnen vor dem anderen zu erheben." — „Und so mögen sie von einander sich fernhalten, damit nicht die Ehre des einen unter der des anderen leide; und so machte es unser Lehrer R. Mëir mit seinem Vater"[1]).

Wir haben also gar nicht nöthig, den Text bei Ascheri zu emendiren; denn nicht einen hochmüthigen, sondern umgekehrt einen bescheidenen Zug erzählt er hiermit aus dem Leben seines Lehrers; und nur dadurch, dass man die Stelle aus dem Zusammenhang gerissen, erblickte man anstatt Bescheidenheit den grössten Hochmuth in ihr und fand sie emendationsbedürftig. Wenn aber endlich Ascheri seine Mittheilung einleitet mit den Worten: אמרו עליו, was Lewysohn so auffallend erscheint, so will Ascheri damit sagen, dass man sich von dieser eigenartigen Bescheidenheit des R. Mëir, die seinem Herzen gewiss ein schweres Opfer gekostet, zu der ihn aber der Gesetzes-Uebereifer des Vaters genöthigt hatte, allgemein erzählte[2]).

בני אין האב עוסד ספני הבן אבל הבן עוסד ספני אביו ע"ם שהוא תלמידו (רמב"ם ה' סמרים פ"ו ה"ד). Nur der erzählte Vorgang seines Lehrers war für die Entscheidung Ascheri's massgebend. Das Vorgehen des Abulafia hingegen, wie es bei Zakuto erzählt wird, wäre in Bezug auf die Entscheidung Ascheris מעשה לסתור.

[1] ואם האב תלמיד בני כל אחד סהם עוסד ספני השני. יש להם להרחיק זה סזה שלא יקל שום אחד בכבודו לפני חבירו ובן עשה סורדים עם אביו (Jore Dea, 240, § 7).

[2] Aehnlich wie: אמרו עליו על בניסין הצדיק (B.-Bathra, 11 a). אסר: אמרו עליו על רבי יהודה (Joma, 35 b, Kethuboth, 67 b) עליו על הלל הוקן בר אילעאי (das. 17 a) אסר: עליו על רבי פנחס בן יאיר (Chulin 7 b).

Vielleicht benahm sich aus dem gleichen Grunde auch Mëir Abulafia nicht anders gegen seinen Vater; nur hat der in der Verdunkelung der Charaktere missliebig gewordener grosser Männer sich gefallende Volksmund bei Abulafia, der so rücksichtslos heftig gegen Maimuni, diesen gefeierten Liebling so weiter Kreise, aufgetreten war, es anders dargestellt und auch anders ausgelegt. Was man bei dem allverehrten Rothenburg richtig als Bescheidenheit ausgelegt, das legte man bei dem wenig beliebten Abulafia mit Recht oder Unrecht als Hochmuth aus.

Nach dieser, zur Richtigstellung und Aufhellung dieses
dunklen Punktes in der Lebensgeschichte R. Mëirs noth-
wendigen Digression wenden wir uns seinem Verwandtenkreise zu. Eine grosse Anzahl hochgelehrter Männer gehörte
theils dem engeren, theils dem weiteren Verwandtenkreise
R. Mëirs an.

In seinen schon erwähnten Piut-Erklärungen nennt er
beim Wochenfeste auch seinen Bruder Abraham[1]), von dem
sich auch ein Werk unter dem Titel: סיני handschriftlich
erhalten hat[2]). Als seine Onkel nennt er: R. Josef ben
Mëir[3]), der höchstwahrscheinlich der Bruder seines Vaters
R. Baruch war, und R. Nathan[4]).

---

[1]) S. Zunz, Ritus, S. 199

[2]) Zunz, zur Gesch. und Literat. 162, nach den in der dortigen
Anmerkung II. citirten Bibliographen.

מרדכי zu Gittin, V, 404, hat ein Resp. mit der Unterschrift מבני
(ומאיר בר ברוך), darauf schreibt er: עוד מצאתי שכתב רבי אברהם
בשם הרב אחיו דהוא דלכא בהן ויש שם לזה וישראלים אין לכיית
ליום בלל.

[3]) ושיני דידי הרב רי יוסף בר מאיר וצל הביא ראיה סחילו של סיעד
שהוא אסיר בתעניית ואת כל העם חופסין ויכיקין ולא היה אדם שעירע סעילם
בדבר כלום. עכיל מרי רבינו וצל (הנחית סיים סיה. הי אבל).

[4]) תבף לוביירתך ברכה ותעילתך תמיד ובת עליך ליי דבת
אשא אל שטים ידי ובפי פרושות בעדך סי הזי להאריך ימיך ושנותיך לטלאת
לטובה כל מטאליתיך גם אליך כפי שטחתי וסטקוסי לעישתך השתחוית ברכני
גם אני סברכות נדבתיך ותרוטת ידך וסברכתך יביך עברך בי טיבט הזיך
ליהדע מורך סי הזי הרי נתן mit der Unterschr. מאיר בר ברוך. Auch die
מרדכי Handschriften Budapest u. Wien zu מורי הזי הרי
נתן. S. Frankels Monatsschr. 1878, S. 172. Dasselbe Resp. mit derselben
Einleitung, überschrieben מורי לשין und unterschrieben מאיר בר ברוך
שיחיה findet sich in שית הרשבא, I. ed. Wien 1812, N. 854, nur ist dort
der Name des Respondenten ausgefallen, der aber auch dort von R. Meir
Onkels genannt wird: סורי הרב דידי שיחיה. Ohne diese ganze Einleitung
hat es auch ed. Prag, N. 122, mit der Unterschr. מאיר ברבי ברוך זלהה.
S. ferner ed. Prag, N. 637: בלבל ודרדע סורי דודי הרי נתן mit der Unterschr. מאיר בר ברך זלהה. Endlich Taschbez, N. 23: היה סהד ם איבך
סעודה כי על שלחני בבקר שאמר סשם דודי רבי נתן שאסר לו שיש בתרנב
ירושלים של זה הפסין אבלוהי היום כ סעסים היום . . . . .
Das. N. 232 lesen wir: אסם איסר הרי נתן סולושטט und N. 354: אסם
בתשובת רבינו נתן סאישמורק וצל כדיב

2

Manche wollen auch Chiskija aus Magdeburg zum Onkel R. Meirs machen, was jedoch nur auf einem unten nachgewiesenen Irrthum beruht[1]).

Als seine Verwandten nennt er folgende talmudische Grössen seiner Zeit: R. Samuel ben Baruch aus Bamberg[2]) R. Jakar ben Samuel Halewi[3]), ohne Zweifel das Rabbinatsmitglied dieses Namens zu Cöln[4]), R. Juda (ben Mose?) Hakohen[5]), wahrscheinlich aus Fried-

---

[1]) Gross in Frankels Monatsschr. 1871, S. 262, und Kohn. Monatsschr. 1878, S. 39, beide mit dem Noten-Hinweis auf ed. Crem. N. 20. Dieses Resp. aber finden wir wörtlich genau wieder in ed. Prag, N. 637, dort ist der Respondent ausdrücklich genannt: מורי דודי הר' נתן, während hier in ed. Crem. im Resp. selbst nur מו' דודי und gar kein Name zu lesen ist. Das Schreiben ist also an den uns auch anderweitig als Onkel R. Meirs bekannten R. Nathan gerichtet, nur ist der Name hier ausgefallen, wie er einmal in תשיב הרשב"א, N. 854 ausgefallen ist. Vgl. vorige Anm.

Die in Crem. dem Resp. vorgesetzte Ueberschrift: זה נכתב להר' יחזקיהו מטובורק נ"ע ist entweder überhaupt falsch, oder ist sie am falschen Orte, wie z. B. in ed. Lemb., N. 311, die Ueberschrift an falschem Orte steht, oder wurde dieses von R. Meir an seinen Onkel R. Nathan gerichtete Schreiben auch dem R. Chiskija zugesendet, oder endlich bezieht sich das זה auf das vorherige Resp. 19. Vgl. das. S. 29. wo sich das der N. 76 vorgesetzse אילו נ' מעשים לשין הר' שמואל auf die vorherigen NN. 73—75 bezieht. In keinem der von R. Meir an Chiskija gerichteten Responsen wird dieser von jenem „Onkel" genannt.

[2]) Sehr häufig in sämmtlichen Editionen, z. B. Cremona, NN. 8, 205, Prag 957, 988, Lemberg, מורי: N. 7; ש' ש' ששטסים zu הגהות מיי' קרובי היר שמואל, Mard. zu Gittin V, 402 קרובי הרב ר' שמואל מבבנברק סביינרק.

[3]) Cremona. 160: עווותך תרבני מורי וקנמיני מחסד לבי ועיני מורי קרובי הר' יקר הלוי בר אבהן ובר אוריין גבור מויין אום וכלי אוסתו בידו.

Das. 76: והתשובה ביד קרובי הר' יקר הלוי das. 125.

[4]) S. Brisch, Gesch. d. Jud. in Cöln. II, hebräische Schreinsnoten. S. 8—9 im Jahre לפרט מ' יקר העלוב בן הרב ר' שמואל הלוי וצטילללה"ה אלף הששי = 1286.

[5]) Crem. 95: ובן ראיתי פעם אחת שצוה מו קרובי הר"ר יהודא כהן זצ"ל לכתיב מתקל לאחת סקריבותי.

Prag, 95: אמר לי קרובי מורי הר' יודא כהן זיל mit der Unterschrift: מאיר ברבי ברוך ולה"ה, Lemberg 179 m. d. U. מאיר ברי ברוך. עד שבא מורי קרובי הר' יהודא הכהן זיל das. 213, שיחיה.

berg[1]), R. Menachem bar Natronai aus Würzburg[2]), R. Baruch Hakohen, der sich seiner besonderen Zuneigung erfreute[3]), R.

Vgl. הרי יודא בהן אמר . . . . . . והשיב לו מהררים . . . . . . : Ed. P., 227. das. 330. Das R. 887 das. אל האליף מסיבל סרנא ורבנא יהודה כיץ אני חזקיה. תלמידי: שבקש אני dürfte an ihn gerichtet sein.

Er trat gegen die Geldbeschneider mit aller Strenge auf. Ed. L., S. 246.

[1]) שת רשי״ל N. 29: ואחרי רבינו יצחק בריסרו סלך הי יודא בפריש ורבינו: שטתין בשניך . . . . . . והרב הי יודא בהן סורידביתא לסרו לפניו.

[2]) Prag N. 34: תשובה לווירצבורג. כל הנשים זר וזרו וזרד אסך, עלה. לפני ולפנים סבתח סיסך, אודי עינו, נבקעו כל סעיינו, סיסך נשתה אני וסקני, דהושנא לבי סידנו, סקרט סבל אבקת רובל (Lemb.) קריי ותניי, להאריך בשבתך אין סנא. ואבא היום בקרצה אל שער הסלך סורי קרובי הרי סנהם ין (שיחיה) (L.) באת לסיך שסן סאך ריקם להסריח להרושב עין יבש וזרתני חירתי (וזירתני ורירתני (L.) אדוני שאל על לאה שהיתה חילה וחלקה בל נסטיה . . . untersch. סאיר ברי בריך זלהדה.

Ed. Lemb. sind die Respp. 343 und 344 gerichtet an R. Menachem, von welchen das erste — das auch hier mit כל הנשים זר וזרד זרד überschrieben ist und mit תשובת סורי לווירצבורג beginnt — eine andere Anfrage R. Menachems beantwortet, die sich auch in den Respp. zu Maimuni ס׳ סשטטים N. 6 findet; das zweitgenannte betrifft den hier aus ed. Prag angegebenen Fall und findet sich auch in den Respp. zu Maim. סבר קנין N. 12. In diesen beiden Quellen lautet die Unterschr. סאיר ברי בריך שיחיה.

In ed. Lemb. 108 richtet die Gemeinde Stendal (קהל שטינדל) eine Anfrage an R. Meir, dessen darauffolgende Antwort die Untersch. סאיר בר בריך זלההה hat. Hieran schliesst sich folgender Anhang: כאשר כתב סירי קרובי הרי סאיר שיחי כן גם דעתי נוטה mit der Unterschrift סנחם בר, als Zweiter ist unterschrieben: בחשיק סנחם בר נטרונאי ישיעׂ ם. Im סרדכי zu Baba-Bathra IX, § 614 wird er vollständig genannt: והרי סנחם בר נטרונאי הסבונה רבי קובלין סוירדצביתא אמר Monumenta Boica nennen aus dem Jahre 1289 einen ›Kobelinus magister universitatis Iudaeorum Herbipolensium‹. (הסובירׂ IX, S. 55). Dieser ist sicher identisch mit unserem סנחם בר נטרונאי הסבונה רבי קובלין סוירצבורג. Vgl. Grätz, Monatsschrift, 1878, S. 142. in Kohn's fleissiger Arbeit ›Mardochai ben Hillel‹.

In den Respp. zu Maim. הי אישות ist Nr. 31 überschrieben סאיר בר und unterschrieben: תשובת רבי להדר סנחם ביר נטרונאי זצל בריך שי.

[3]) שבתי בהן. ישסרו: דעת 40—839 .Resp ,1, תשובת הרשב״א תורה סברעת, לעקיר ולטעת, אלוף וסיודעי קרובי חביבי הרׂי בריך להאריך אין סנאי ובקנצרה נראה בעינו דבהי רשי ודבהי הי לסניך גלויים וידועים וסה אנו וסה חיינו להתכריע להותר בדבר שנחלקו בה אבות העולם ובטסק כרת

2*

Samuel[1]) aus Eisenach, dessen dünkelhaften Eigensinn er geisselt. R. Elieser[2]), R. Abraham[3]) und R. Ascher[4]).

ושלום לך ולתורתך ולכל ביתך ולחתיך איש כלבבי: בנאש א׳הבבם נדבם מאיר בר ברוך שיחיה. Vgl. ed. Berlin, Handschr. Amsterd. I. N. 49. In ed. Pr. beginnt Nr. 73: אליפי ושינדעי היד ברוך הבהן, das wir in ed. Lemberg N. 478 wiederfinden, hier fehlt aber der Name des Respondenten. Der Schluss lautet hier: אמנם ידעתי כי בעיניתיני שרבי פשט הדבר להיתר בכל הסלבות והנבאן חיטאין ולא להם ושמאת כל הקהילות היא ואין בי כח לפחות ביש שקשה נול הנאכל וסוב שהיו שינון ואל יהי סודרין ובשם שאמיר סלהסנע בך אפיר להזיית כרבר שאינו נשמע ואפ׳ זה שכתבתי לך לא חייתי כיתב לאחר אך חיבתך עלי תחליפה אמיד בר ברין ולהה ... השיהה. Der letzte, hier durchschossene Passus fehlt in ed. Prag.

In den »Schreinsnoten« bei Brisch II. S. 2 ist als Rabbinatsmitglied zu Cöln neben יצחק בר׳ שמשין וצ׳ל, אליעזר בר אפרים וצ׳ל, קרי העולב בן הרב ר׳ שמואל הלוי וצ׳יל, חיים בן׳אפר׳הרב ר׳ יהיאל חצי׳וזהב ולי׳ע, lauter Responden ten R. Meirs, mitunterschrieben: ברוך בר אירשׂרא הבהן וצ׳יל. Das wird auch als Hausbesitzer wiederholt genannt: ברוך בר אירשׂרא הבהן הסב׳נה. בשהיתי שליח N. 241, חיים חצי וזהב von ihm erzählt in ed. Prag X. 241, וילקם: קהל קולונא יר׳ ולקסן בהן צנק בסה סענים אל תהיו עלי כלום.

Durch die Schreinsnoten bei Brisch kennen wir auch seine Frau und seinen Schwiegersohn. S. 6: ר׳יצחק בר יקב קנה פחה ר׳ ברוך בהן ר׳ ברוך הבהן הסב׳נה ר׳ ולקסן ואשתי פרת סינא und weiter: מבינה סבינה ולקסן תשיבה שתשיב לשי׳הד:

[1] Cremona 14, Perl. Handschr. Amst. II 75. שמואל מאיוגא, סורי קרובכי־הרי שמואל אשר בתבת שקבלת סהר יעקב וצ׳ל ... יעוד יש לחשיב על דבריך הבם ולאתי לכתוב ובכקשה ספר קרובי חוה׳ כך ולא תעקה סניני לדבריך ותיהה על האהת למען יכבוך כובים שהרי דכא פעכים אסר דבים שאהיתי בפניכם סעית הם כידי ומי לנו נדול ממשה עה שהמדה ולא כוש ולמדתנו רבינו סנן לדין שלא יעשה בנינין לדבריי וכי ותכלה, שניתיך בפעכים כל היסוס בנ׳ שותי שיבך קרויבך מאיר בר ברוך.

[2] Ed. Prag. N. 1008: ושסאלת על קרוכי הר׳ אליעזר שחילק עם סעסי בתוב אחד ..... וישמאלת על חוב שהיה לי עם אחרים ...... נראה דאין כאן איסיר ריבית ..... שהרי קרוכי לא קובל אחרית עליו סן החיב ... הג, ל אי בעי קרוכי מצי אמר הילך יי וקוקום ותנית לי חיבי ואמיל אני הקרן ..... ואפ׳ אם קרוכי לא היה שואל הריבית אפיר לכשעגדו לעכבו בלא רשיתי עד שישחול לי בשדישש.

יקרוכי חביבי הר׳ אליעזר בני דסורין בר אבהן וב׳ אודריין. Auch der Schluss ist verwandtschaftlich warm gehalten: ושלים לבם ולכל ניתיכם בנ׳ שותי שוכגבם מאיר בר ברין.

[3] Ed. Pr. 983: אליושני קהל נירכגעערק דעי בי זה קרוכי ר׳ אבר׳הם בא אלי בשליחית קהלך וקוכלים על קצת בני קהלכם שנישאים ינתנם בעירם מאיר בר ברוך ולה׳ה. unterschr. ייש ברהם לפחות ואינכם עישים.

[4] Ed. Berlin, Handschr. Amsterd. I. N. 108: סורי קרובי הר׳ אשׂי

So weit also nachweisbar ist, lebten seine Verwandten in den Städten: Eisenach, Cöln, Bamberg, Friedberg, Würzburg und Worms.

R. Meïr war höchstwahrscheinlich ebenfalls in **Worms**, dem Wohn- und Sterbeorte seines Vaters — der nur hier gelebt zu haben scheint — geboren und hat man gewiss **darum** seine Hülle dahin gebracht und dort beigesetzt.

In seiner **frühen Jugend** lag er unter Leitung seines Lehrers R. **Jizchak ben Mose aus Wien** den Studien ob in **Würzburg**, als R. **Elieser ben Joël Halewi** daselbst Rabbiner war[1]. Seine reifere Jugend verbrachte er

---

וכב׳ שלחו אלי סעבו על מעשה בעין זה ... Dasselbe Resp. mit demselben Passus von einem schon früher aus Akko an ihn gelangten ähnlichen Fall findet sich in den Respp. zu Maim. הלכות אישות N. 30, überschrieben: תשובת מורי רבינו לסהי׳ אשר. Keinesfalls ist dies sein Schüler Ascher ben Jechiel, denn es heisst im Verlaufe des Schreibens: ויאשר כתב מורי רבי ויל׳. Vgl. Respp. zu Maim. ספר משפטים N. 60 genau mit derselben Ueberschrift und Unterschrift. N. 42 das. beginnt: אשר שאלת אלופי ומיודעי הרב רבי אשר und eröffnet die Antwort mit דע לך מורי, unterschrieben שי׳ מאיר ביר ברוך. Ed. Pr. 107 beginnt: קנקן חדש מלא ישן, שאתו שפת ארח שושן, וסטיבית דמי, נסמי׳ אמור, סהיר אשר lauter Redewendungen, die der Lehrer dem Schüler gegenüber nicht gebraucht.

Vgl. Crem. 8 und 27. Es ist wahrscheinlich Ascher ben Mose gemeint.

Gelegentlich sei hier bemerkt, dass beim directen schriftlichen Verkehr das מורי in den einleitenden Begrüssungszeilen oft nur eine von nachahmenswerther Bescheidenheit eingegebene Höflichkeitsformel ist, die auch der Lehrer dem Schüler, der Grossvater dem Enkel gegenüber gebraucht; wiederholt sich aber das מורי auch im Verlaufe des Schreibens, so ist der Respondent keinesfalls der Schüler des Schreibers. Bezieht sich endlich das מורי auf eine dritte Person, so ist darunter der wirkliche Lehrer zu verstehen.

Wie mir Prof. Dr. Kaufmann schriftlich mittheilt, heisst es in Cod. 641 14 Oxford: זה העתקה סבי׳ רי אברהם בר יוסף זיל ששאל לסהרימי המאיר הריד סאיר ניסי. Ob hier unser R. Meir gemeint ist oder ein anderer, vielleicht רי מאיר סאנגלוסרא, kann ich vorläufig nicht eruiren.

[1] ח. וובני בשהייתי תינק והייתי zu סיער קטן § 925 מרדבי: בוורצבורק בהציקותי סים על ידי מרהי׳ סיון באה אינו (sic) ישראלי׳ אחת אמרה להר׳ יוסף אחיו של הר׳ ינען שנטרדה אחותי ושאלי לראביה כדת סה לעשי׳ והשיב לו שהריה לו להתאבל והביא לו ראיה ... וסתיך בך היה

in Frankreich[1]). Als seine dortigen Lehrer nennt er: Jechiel
ben Josef aus Paris[2]), in den Disputationsacten auch
Vivo genannt[3]), den bekannten Vertheidiger des Talmud vor

רוצה ליסר אבי העזרי דנאסן נסי לענין אבילות אסנם ריס אוסר דסבר נחילה
היא דאין להאסין ביתי היבא דנתכבין להעיד דאם היה לנו להאסין ביתם ששסחים
להוציא דבה נתסלא כל הבנד כולו קרעים סי ספיח לפי תוסי ניל דנאסן כדפריש
לעיל עד כאן לשון רבינו סאיר.

Responsen, ed. Berlin, Handschr. Parma, N. 289: לחזר לבית המרחץ
אחר הטבילה. לא ידעתי סאין לאסיר יסבבר שסעתי שיש איסרים ובסדוסה אני
ששסעתי סמהריר יצחק סיינא שהי איסר אסנם סוב נשאתי ונתתי לסני
בדבר להתירו ולא סתר את דברי ובקיצר נראה בעיני היתר סור . . . . . . סאיר
בר ברוך שיחיה.

Das., Handschr. Amsterd. II, N. 55: ובן הנתי בשכבר לסני הר״ד
בבית הכנסת: יצחק סיינא בשישבני בבויי ש בוייר (Hiefür will Bloch lesen:
Ich halte es für den corrumpierten Namen eines Ortes in Frankreich, etwa für: בכרך סיירי. Vgl. darüber weiter S, 23, Anm. 1.)
ואי סן הסבירה התחיל לדבר בדברים הללי וחיתי לדעתי שהי אוסר ידעתי דכל
לבעלה חיל הוא ושתק ושיב שסע סבחורי ססטנוביא . . . . . . והשיב לי להיתר.

Taschbez. § 99 : שסb: ונם שסעתי ספי סי הרי יצחק סיינא שאסר סישb:
Vgl. Respp. Berlin, Handschr. רבינו שסיאל השעם לפי סדי צריכים להודית
ובן שסעתי ספי הריר יצחק סיינא וזיל שאסר בשב רבןn : Prag, N. 1004
השעם לפי ששסענו ארבעה צריכים להודית.

ור סאיר שסע סטי הרי יצחק סיינא: III, N. 886: סיעד קטן zu סרדכי
סרבני נרסי נתאבל על בנו שנעושה סיס: אסנם איל שאין ללסוד ססנו דלאסוסי
צערא הוא דעביד שלא זכה לסיב בתשובה.

כב סדרים ששסע הרי יצחקn: 8, הי חסין וסצה zu הנהות סיים
סיינא ששסע ססם רי שסיאל.

Auch in Frankreich betrieb er seine Studien jedenfalls noch unter
Leitung des Isak b. Mose.

ספי סורי שיחי שיחי שסשע ספי (רבי 878 תשו הרשבא) : Ed. Lemb. 365
ובייצקי רבותי שבצרפת. Vgl. das S. 6, Anmerkung 1, schon angeführte
סיס על ידי רבותי בצרפת וזכרוני ששאל סורי אבי ולהיה את סורי הרב זצל.

[2]) In den unserem R. Meir angehörenden Tossaphot zu יסא S.
18b: כי שסעתי בשם סורי הרי יחיאל ספריש וציל, Respp. ed. Berl., Handschr. Prag, N. 594 ובן שסעתי שסורי הרב רי יחיאל ספריש שלא היה רגיל
(Taschb. סאטראס) לאביל אסי סרטיש. (Vgl. Taschbez, 322.) Taschb. 302:
והרים ויל אוסר בשם רבינו יחיאל ספריש שבריבת הסזון סעינה כוס אסי ליחיד.
Vgl. ferner das. 299.

Resp. 137, ed. Lemb., ist unterschrieben יחיאל בר יוסף. Ein in
mehrfacher Beziehung interessantes Resp. von ihm an Isak b. Mose
findet sich Or Sarua I. 223.

[3]) S. auch ועע זרוע IV, S. 78 אור יוסף בר יחיאל רי להרב ושאלתי

Ludwig IX, R. Samuel ben Salomo[1]) aus Falaise, auch Sir
Morel genannt[2]), den Verfasser unserer Tossafot zu Aboda
Sara[3]), endlich R. Samuel ben Menachem aus Würzburg[4]).

Diesen von den Chronographen als seine Lehrer genannten Männern müssen wir noch hinzufügen: R. Samuel

---

[1]) ferner I. 232: שירייס הנקרא היא שיר וייש וכתב לי
(richtig וייש שיר) סעטר באיתי היה.

[1]) ואמר לי מורי הרב ר׳ שמואל בר שלמה בשם הרב יוסף קלצין וציל
(Toss. Joma 42a Schlagw. היא עבורה לאו ושחיטה). In den Respp. zu Maim.
ובן פסק שי משפטים heisst es in dem der N. 1 vorangehenden Stück:
שלמה בר שמואל הרי סרבו קבל שבן ובתב וציל רבינו מורי. In ed. L. giebt
sich N. 489 als פפליייא שמואל מהיר לשין. Im Or Sarua II hat N. 256 die
Ueberschrift: שמואל הרי פירש והפוסקים בש לכל הרוחות אלהי פירושי אלו
וציל ספליש.

[1]) Ed. L. 386: שמואל מהר אצל לצרפת שטידביק נעשה וכבר
לי והראה לבתוב יכול היה ולא שעה באיתה חולה היה ומורי . . . שלמה בר
עליה וחתם להם להעתיקה לי צוה רית תשובת.

[2]) Ed. Lemb. N. 169, enthält ein Resp. des Isak ben Mose Or
Sarua. Darin heisst es: . . . . . חלב בה דביק שהיה בחתיכה לידי בא סעטה
בתב והיה ז׳ל שירפסרדל שמואל הרי תשובת לי הראו גם שהתירו ראיתי
לי אמר ושיב התשובה לסיך ז׳ל שמואל להרי ושלחתי אמרתי ואני להתירא בה
שמיד הרב מורי. Vrgl. dasselbe Resp. in Or. Sar. I, S. 130: הראו גם
שמואל להרי ושלחתי . . . . מהיל הנקרא וציל שמואל רבי חרב תשובת לי
והשיבני וציל שלמה בר Er war also auch der Lehrer des Or Sarua. S.
רשל שירת ,N. 29: שלמה בר שמואל ר׳ והרב בטיושי רבינו יהודה רבינו וכ׳תישם
ישראל וכל נטרית רחמנא שאיר רי הרב קבל וטשניהם (מורל!) אייל שיר הנקרא
Auf ihn bezieht sich auch das צרפת שמואל מהר קבלתי כך in ed.
Prag N. 138. Ihm gehört auch das Resp. 250 daselbst an.

[3]) S. Zunz, Zur Gesch. und Literatur S. 37 und 40.

[4]) Toss. Joma 40b: וציל מנחם בר שמואל הרי מורי הקשה, Taschb.
§ 165: העזרי אבי שרבינו מיירצבורג שמואל הרי בשם אומר ז׳ל מהרים אמנם
לפהרי׳ נראה אבל ראיה שום רבי לו אמר ולא המועד בחול חדשים לקנות אוסר
. . . ראיה להביא ז׳ל.

Hagahot Maim. שבת ה׳, Cap. 29. N. 20: רבי בשם מהרים ובתב
ז׳ל. סניך משה מהרי בשם לי שאמר מנחם בר שמואל הדיר.

Ed. Berl., Handschr. Prag N. 1019: מנחם בר שמואל הדיר לני ואמר
סליני. ובית בש היש משה הרי בשם וציל.

Ed. Crem. N. 80 ist ein Resp. von ihm שמואל הלוי שמואל להדיר,
vielleicht eine Corruptel von מיהרא, Chajim Chefez Sahab nennt ihn ed.
Pr. 188 seinen Collegen: מנחם בר שמואל הרי עשיתי אשיבך זה ועל.

aus Evreux, wohnhaft in Chateau-Thierry[1]), den Verfasser
unererer Tossaphot zu Sota[2]).

II. Capitel.

Wohn- und Amtssitz.

Wo, in welchen Gemeinden R. Meir seinen Wohn- und
Rabbinatssitz hatte, darüber haben wir keine directen bestimmten Nachrichten; diesbezüglich sind wir auf einzelne,
in verschiedenen Werken als Beweismaterial vorkommende
Entscheidungen angewiesen, die er einst da und dort getroffen, um daraus mit mehr oder weniger Berechtigung schliessen
zu können, dass er an den daselbst genannten Stätten zu
verschiedenen Zeiten den Rabbinatssitz einnahm. Die so gelegentlich genannten Stätten sind in alphabethischer Reihenfolge: Augsburg, Kostnitz, Mainz, Nürnberg, Rothenburg an
der Tauber[3]), Worms und Würzburg.

Ueber die Zeit seiner amtlichen Wirksamkeit an diesen
Stätten sind wir noch weniger unterrichtet, so dass sich nicht
mit Sicherheit ermitteln lässt, in welcher von diesen Gemeinden er früher und in welcher er später Rabbiner
war. Ein chronologisch geordnetes Verzeichnis dieser
einzelnen Stationen seiner amtlichen Laufbahn ist darum vorläufig noch ein pium desiderium. Doch seien hier die Er-

---

[1]) In תוספת יום טוב — in die der פירוש des מהר״ם zu מ׳ טהרות
mitaufgenommen wurde — fand ich zu Negaim I. 1, eine Stelle, die mir dies
zur Gewissheit erhebt Sie lautet: וסהרים בתב וז״ל וסיני הרב רבי שמיאל זצ״ל
קשטי״לשירי. Dieses סקששי״לשירי פי׳ לנו בשבועית דהיינו מעשא דרים ist
nichts anderes als das oben genannte Chateau-Thierry. Für das fran-
zösische Chateau gebraucht er das damals vermuthlich üblichere
gleichbedeutende קשטיל, castell (um). Es findet sich dafür auch das
talmudische כרך. S. תשובי רש״ל l. c. . . . . אחרי רי יהודה סלך רי יחיאל
יהרב רבי שמיאל בכרך שיר. Die Identität Beider ist unzweifelhaft.

[2]) Darüber s. Zunz, Zur Gesch. und Literat. S. 38 und 46. Er ist
auch bekannt als Mitvertheidiger des Talmud unter Ludwig IX.

[3]) Siehe weiter S. 36 Anmerk. 1.

gebnisse meiner Studien als bestimmte Anhaltspunkte zu
weiteren diesbezüglichen Forschungen vorgelegt.

Als erster und wichtigster Punkt erscheint mir diesbezüglich die r i c h t i g e Erklärung des seinem Namen beigefügten
מרוטנבורג. L a n d s h u t meint, Rothenburg sei „entweder der
Geburtsort oder der l e t z t e Rabbinatssitz" R. Meirs gewesen.[1]
W i e n e r und nach ihm F r a n k e l suchten es wieder zu erklären
durch die entgegengesetzte Annahme, Rothenburg sei sein erstes
Rabbinat gewesen[2] Bei einem näheren Eingehen auf diesen
Punkt erweisen sich aber beide Annahmen als falsch.[3] Rothenburg kann, wie sich zeigen wird, weder sein l e t z t e s noch sein
e r s t e s Rabbinat gewesen sein. Der einzig richtige Erklä-
rungsgrund liegt für mich darin, weil er in Rothenburg nachweislich am l ä n g s t e n gelebt hat, so dass seine Hauptwirk-
samkeit in die Zeit seines Rothenburger Rabbinates fällt.

Als Ausgangspunkt hat uns hiebei zu dienen ein Responsum, welches darum von ganz besonderer Wichtigkeit
ist, weil es unter allen bisher bekannten Responsen R. Meirs
das einzige ist, das ein bestimmtes D a t u m enthält und zugleich d e n d a m a l i g e n R a b b i n a t s s i t z R. Meirs aus-
d r ü c k l i c h a n g i e b t. Es wird uns hier nicht nur die Entscheidung R. Meirs mitgetheilt, sondern auch die an ihn
gerichtete Anfrage ist dem vollständigen Wortlaute nach —
wie es nur selten der Fall ist — treu wiedergegeben. Die
Anfrage betrifft eine angebliche ehebrecherische Kindesmör-
derin, Namens Sara, deren Gatte Jizchak gegen sie klagbar
auftritt, wie genau angegeben wird, im Monate Ab des Jah-

---

[1] In seinem עָבוֹדָה הָעֲבוֹדָה S. 160: נראה שטוֹלדתי אוֹ מיישבי של ר'
מאיר הָאַחֲרוֹן] הָיָה בָּעִיר רָאטעֶנבוּרג.

[2] Wiener in Frankels Monatschr. 1863, S. 169, Anmerkg: „und
trug die Bezeichnung „von Rothenburg" von dem ersten Orte seiner
Wirksamheit", und Frankel in seinem »Entwurf einer Gesch. der Literat.
der nachtalmudischen Responsen«, S. 51: »Er wirkte z u e r s t in Rothenburg a. d. Tauber (daher gewöhnlich R. M. aus Rothenburg genannt).«

[3] Rothenburg als Geburtsort R. Meirs anzunehmen, widerlegt
sich von selbst durch die Beweise, die für W o r m s als seinen Geburtsort
im Texte erbracht sind.

res 5032.[1]) Nach beendeter Darlegung des vorgetragenen
Falles erzählen die unterschriebenen drei Respondenten in
dem hier beigegebenen Anhang: „Dies Alles schickten wir
nach Rothenburg zu dem grossen Lichte, an den Lehrer
R. Meir, den Gott am Leben erhalte" .... „Und nun haben
die uns nahen Lehrer in Erfurt und die von uns entfernteren
in Würzburg und das grosse Licht R. Meir aus Rothenburg,
dem Gott beistehen möge, und unsere übrigen Lehrer am
Rhein befreit den Jizchak von dem abtrünnigen, unmensch-
lichen Weibe durch Zusendung des Scheidebriefes, der vor
uns ausgefertigt wurde. Dies haben wir geschrieben und unterschrieben: Mose Asriel, Sohn des R. Elasar Hadarschan,
Elieser, Sohn d. sel. R. Jechiel, Ephraim, Sohn d. sel. R. Joël."[2])

    Hieraus ergiebt sich, dass R. Meir בירח אב שנת ל״ב =
Juli-August 1272, und selbst noch etwas darüber hinaus —
da ja zwischen der Anzeige des Gatten und der Anfrage bei
R. Meir auch einige Zeit verstrichen ist — in Rothenburg
war. Aus der darauf erfolgten Antwort R. Meirs erfahren

---

    [1]) Respp. zu Maim. N. 25: ה׳ אישות. נחנו נעבור חלוצים לפני רבותינו
את מעשה הרע אשר הקרי לפנינו אשר בא ה׳ יצחק וצעק אלינו ויצעק על אשת׳ שרה
אשר הלך מאתה בשנת ל״א (באדר ed Lemb.) לפרט לטרחקים להרויח ולטריף
טריף ולהביא לביתו והנידחה דיקנית ולא חזר אליה עד אשר הגיד ושמע בסקים
אשר היה שם שאותי ועתה והנה הרה לזנונים וילדה וחזר לסלבות יבא לפנינו
בירח אב שנת ל״ב לפרט ...... ואף גם זאת בטרם יצאה השמועה הרעה
לתוך העיר הזאת בא אביה של שרה לפני שנים סמני החתומים לסטה
...... ויאסר בת אחת יש לי, ..., והיא וזנה נסורה וספירוסט
...... וילדה בת והרגה את הממזר.

    [2]) ...... הכל שלחנו לרוטנבורק אל המאיר הגדול לטורי הד׳ מאיר ש׳׳...
ועתה רבותינו הקרובים אלינו שבארפירט והרחוקים ממנו שבוירצבורג והמאיר
הגדול הר׳ם מרוטנבורק הסקום יהיה לו בעזרו ושאר רבותינו שבריינוס פטרי את
יצחק מסרה שרה מדירקת גם הנעשה בעניני כתבנו וחתמנו משה עוריאל
בהיר אליעזר הדרשן אליעזר ברבי יחיאל זלהה אפרים בר יואל סב״ע.

Das Responsum findet sich auch in der Sammlung, ed. Lemb. N.
310; dort folgt der bisher hier behandelte Theil mit denselben drei
Unterschriften erst nach dem entscheidenden Resp. R. Meirs, was auch
insoferne richtiger wäre, als ja der hier gegebene Schlusspassus:
ועתה. רבותינו ...... והמאיר הגדול הר׳ם מרוטנבורק. פטרו את
יצחק מסרה מסרה שרה מדירקת גם הנעשה בעניני ja erst nach eingelangter
Entscheidung R. Meirs und ihrer Ausführung der Erzählung des
Vorfalles angehängt worden sein kann. Merkwürdigerweise fehlt

wir auch zugleich, dass zu der Zeit (1272) sein Vater R.
Baruch noch am Leben war.[1])

In der Prager Sammlung Nr. 92 beginnt die Anfrage
mit der Klage der Respondenten: Seitdem wir entfernt sind
vom Tische des R. Meir, fehlt uns jede Sicherheit in der Entscheidung; denn es mehren sich Streitigkeiten in Israel, was
Diese für unrein erklären, das erklären Jene für rein, so dass
aus der einen Thora zwei Thora's zu werden drohen. Daher
beschlossen wir den Fall zu berichten nach Rothenburg
an den berühmten Gerichtshof, an unseren Lehrer R. Meir,
um uns erleuchten zu lassen".[2]) Darnach lebte R. Meir auch
zur Zeit dieser Anfrage in Rothenburg.

Dieselbe Anfrage finden wir in Nr. 4 der zu Cremona
erschienenen Sammlung.[3]) Hier in dieser Sammlung hat
die Anfrage einen von denselben Respondenten unterschriebenen interessanten Schlusspassus, aus dem hervorgeht,
dass R. Meir während seines Rothenburger Rabbinates
vielfache heftige Anfeindungen zu erdulden
hatte, gegen deren Urheber die Respondenten ihre
schlimmsten Verwünschungen auslassen.[4])

In die Zeit seines Rothenburger Rabbinates führt uns
auch eine Entscheidung in einem Familienstreite, der damals
ungewöhnliches Aufsehen erregte. Ein armer junger Mann

---

aber gerade dort, wo er erst recht am Platze wäre, der ganze Schlusspassus von הבל שלחני לרוטנבורג bis כתבני ותחמו vor den Unterschriften.
Gekürzt finden wir das Resp. noch in הגהת מרדכי zu יבמות § 121.
[1]) In beiden Quellen lautet die Unterschrift: מאיר ביבי ברוך
שיחיה.

[2]) סעת נלינו מעל שלחן מרדים שוב אין לנו מה להשיב בי רבו מחליקות
בישראל הללו מטמאין והללו מטהרין יגעשה תירה כשתי תורות לכן נמנו להלך
אחר בד יסא אחר מדרים לרוטנבורג להאיר עינינו.

[3]) Hier ist nach אחר מרדים das Wort לרוטנבורג nur ausgefallen.

[4]) ובמדוסר לי שאמרת לי לשתיק היאיל והניית עושות לצורך עצמן
ואיני יכיל לסבוד על זה בי שמא שניתי ולא הבנתי מפך על היושר לכן תבדים
לי דעתך הנקי עם ראיית ברירות, ועמך שרי נהורות, נבני שנאיך יהבו
בשולי קדרות, ויסצאו רעית רבית צריית, ואתה סי וכל התבריות, היושבים
בשורית, ישינו שפין ישורות וחיים ושלום באית תלסידך מנחם בר דוד דיל הלל
בר עזרא. (Richtig עזריאל wie in den anderen Editionen.)

aus Rothenburg, Namens: Jakob, Sohn des Mose[1]), hatte
durch einen Bevollmächtigten die Tochter des Juda aus
Düren,[2]) eines reichen, in weiten Kreisen bekannten, ange-
sehenen Mannes in Frankreich, sich antrauen lassen mit der
von seinem Vater für ihn eingegangenen Verpflichtung, im
Orte des Schwiegervaters in Frankreich seinen bleibenden
Wohnsitz zu nehmen. Nach einem längeren Aufenthalte in
Frankreich war der junge Mann erkrankt, und sein Schwiegervater liess ihn auf sein Verlangen wieder nach seiner, kli-
matisch für ihn günstiger gelegenen Vaterstadt Rothenburg
zurückbringen. Hier trat bei dem jungen Manne eine Ge-
sinnungsänderung ein, dass er nicht mehr nach Frankreich
zurückkehren wollte, und er verlangte, dass die ihm Ange-
traute zu ihm nach Rothenburg komme, um dort mit ihm
zu wohnen. Da weder die Braut noch ihr Vater darauf eingehen wollten, brachte man die Angelegenheit vor die Rabbiner Frankreichs. Zunächst wandte man sich an den Lehrer
des Meir Rothenburg, an R. Samuel ben Salomo aus Falaise,
dessen Entscheidung das Responsum 250 der Prager Sammlung bildet. Er beginnt mit der wehmüthigen Klage über
Büchermangel durch die fortgesetzten Talmudconfiscatio-
nen in Frankreich[3],) erzählt dann den ihm vorgelegten

In ed. Lemb. finden wir dasselbe Resp. unter N. 357 mit der
Ueberschrift; תשובה להרצבורק dort fehlt aber die Anfrage gänzlich; wie
das. auch in der Antwort R. Meirs der Schlusspassus, der in den
beiden obengenannten Sammlungen beginnt mit וששאלתם על הבנית
הסומות, weggelassen ist; darum fehlt auch die Unterschrift bei der
Antwort in dieser Sammlung, weil dort nicht das Ende gegeben ist.
In den beiden anderen Editionen ist die Antwort unterschrieben מאיר
בר ברוך ohne זללהה woraus wir schliessen können, dass der Vater auch
da noch lebte. Siehe auch noch Mard. zu ב״ב § 520.

¹) und ²) Die im Texte gegebenen Personennamen entnahm ich den
Respondenten יעקב ביר יוסף ז״ע in N. 251. ed. Prag und אליעזר ב״ר
אפרים איל in ed. Berlin, Handschr. Amsterd. I, N. 81. Die anderen
Responenten nennen keine Namen.

³) אול היחי ותש בתי יאור עיני אין אתי סחסת הסצוק אשר נברה ידי
עלינו וסחסד עינינו לקח ואין בדינו ספר להשביל ולהבין. Da zur Zeit dieser
Entscheidung R. Samuel's R. Meir schon in Rothenburg war, ist es
situationsgemässer, die Klage auf die nach 1244 fortgesetzten Tal-
mudconfiscationen und wiederholten Talmudverbrennungen zu beziehen.

Fall[1]) und spricht sich mit aller Entschiedenheit zu Gunsten der Braut aus. Darauf erzählt er uns mit sichtlicher Entrüstung, dass die Stadtobrigkeit Rothenburgs Zwangsmassregeln gegen die Familie der Braut zu Stande bringen wollte.[2]) Zugleich erfahren wir aber auch durch ihn, dass zu dieser Zeit R. Meir in Rothenburg war, der sich ebenso entschieden zu Gunsten des Bräutigams ausgesprochen hatte und gegen den er sich zum Schlusse wendet.[3])

[1]) (Ed. Berl. יהודה 'ר בת) אשר קדש מדרשבורג בחור אודות על
והבחור חפני בסקום לדור הבחור התנו השדכין ובשעת מדודא שליח עי בתולה
שנה ואחר רבים שים עשו ישב סלסד לו והשביד הקדושין לאחד אצלו בא
עם ארצי אל בבביד וישלחו הוא התולדה שיני סחפת חפני אמר הבחור חלה
אחרת ורוח ליודבק לבוא אחריו שלח בן אחרי הרבה עליו והוציא שלו סלסד
אבנו יאבוז הילדה אלי תבוא לוסר נחל באזיק ובנו סובה תחת רעה לשלב עסו היתה
להון נבול בי הענין לפי סבירת והדעת.

[2]) את ולעוזב אחד עני עם בעוני לגלגל בתי השיא שלא לכל שידוע ובין
אשי אחד נבבד בת לתיור רב הין להוציא ואף סילדתא סקום אמה ואת אביה
העשיר להדית יצה רישבית סוטל ששסע הבדה ובקול בעולה שבעו יצא
קדושה. בן סנת על לא וחלילה הלילה בתי בשביל

[3]) .האם 'ש על האיש וחייבנו לפנינו הזה הדין בא ואשתקד
למדית הבבתי הצעה ואני שנוונית. על יתפסנו לבל בתני ראי לכל בקשתי נא
עלי תבוא ישסע ואם ארוסתי את יפטר או שינבנס עד האיש איתי ילדית
בבדי לכד עבודתי עיבדי ידי סחויקי בי וכי ישא עיני ישסע לא ואם ברכה
בסקים חלקני לא כי אחרים על אך וכדני לא סאיר בהר (wol richtig: כבוד)
ליב בבדי השם חילול שיש (Pr. 250).

Ebenso entscheidet im darauffolgenden Resp. 251 der schon genannte יעקב בהר יוסף ע"נ, der kaum identisch sein dürfte mit dem gleichnamigen Enkel des Rabbenu Nathanel aus Chinon, dessen Sohn Josef drei Söhne hatte, darunter einen mit Namen Jakob. S. Zunz. Zur Gesch. und Lit. S. 54. Der Synchronismus des Jakob aus Chinon mit Samuel aus Falaise ist schwer anzunehmen, dieser müsste ein ungewöhnlich hohes Alter erreicht haben, wenn er noch zur Zeit des ersteren geblüht haben sollte.

Noch weniger kann er, wie Brisch I. S. 98, Anm. 1. meint, mit dem gleichnamigen Kölner Rabbinatsmitgliede identisch sein, weil diesem nach den Schreinsnoten erst nach 1286 der Vater gestorben ist, hier aber schon ע"נ bei ihm steht.

Gleichlautend ist im selben Resp. die Entscheidung des יחיאל אל אסרבליא וסני רביתנו שבאשבנו הנה: Der Beginn: ב. ר יעקב הלוי תכנה ושלים: וshe Schluss seines Schreibens: אהבתם הוקוקי לחיית רעי ושלים זeigt, dass er um seine Entscheidung von den Rabbinen Deutschlands angegangen wurde. Interessant ist in seinem Schreiben

Hieraus ergiebt sich, dass R. Meir während seines Rothenburger Rabbinates in einem Falle, der zugleich dem R. Samuel aus Falaise vorlag, sich in schroffen Gegensatz zu diesem brachte. Die hierüber getroffene gegensätzliche Entscheidung R. Meirs ist uns aufbewahrt in zwei anderen Sammlungen.[1]) Es ist unter allen bisher bekannten Responsen R. Meirs das längste. Er erzählt uns, dass dieser Familienzwist sich schon über fünf Jahre lang hinziehe[2]) und dass er selbst (R. Meir) zu wiederholtenmalen an den reichen Schwiegervater des von allen Mitteln entblössten jungen Mannes vergeblich geschrieben habe.[3]) Er setzt seinen ganzen Scharfsinn und seine ganze Autorität daran, den Fall zu Gunsten des armen jungen Mannes zu entscheiden. Er erzählt zwar selbst, dass einst ein ähnlicher Fall aus Magdeburg seinem Lehrer R. Samuel ben Salomo in Frankreich vorgelegt wurde und, da dieser damals

---

בי איך יובל לשלוח בתו ופסיעי בבבנה שאשכנו מקום חיום דמי : der Passus Deutschland galt da den Juden für noch gefährlicher als Frankreich.

[1]) In den Resp. zu Maim. הלכות אישות N. 28 und in der Lemberger Sammlung N. 386. Obzwar in beiden Quellen weder der Ort noch die Personen genannt sind, giebt sich doch der Fall sofort als derselbe zu erkennen, über den uns die Prager Edition die Entscheidungen R. Samuels und seiner Genossen mittheilt.

Da in den Resp. zu Maimuni der Text hier weniger fehlerhaft ist als in ed. Lemb. so citire ich nach der erstgenannten Quelle. Nur einzelne für den Gegenstand wesentlich scheinende Ausdrücke folgen nach ed. L. in parenthesi.

[2]) ובאשר היה אצלי שנה החוויי אצלי ולא ידעתי מה הי לי ולא שים בשלים בני ובשלישי ובני נתבטל שלשיהי והוצרכתי לפרנם בדוחק גדול הי שנים ושלחתי רבים לבקשי לתת לבני יצאותיו כאשר נדר. Sofort bei der Darlegung des Falles zeigt sich, dass R. Meir von Vorne herein auf Seiten des armen Bräutigams war; denn er sucht förmlich das allgemeine Mitleid für ihn zu erregen.

[3]) ונם אני החתים (מסה L.) מעיד שבסה כתבים (כתבתי L.) שלחתי לי ליהם על התני בי היה שדיי בעירם ובחוסר כל ולא השבית להשיב דבר ושוב נידע לנו בסכתב שאינו חפץ בדיבוקן כלל כי א בפרידה שלא מצא חן בעיניו שלא הי רצונו. So wie R. Meir während der fünf Jahre mehrmals in diese Angelegenheit amtlich eingegriffen hat, so kam sie wiederholt auch an Samuel aus Falaise. Vgl. das ואשתקד בא הדין לפניני in seinem Resp. in unserer vorletzten Anmerkung.

krank war, er i h m den Auftrag gegeben, ein den gleichen
Fall betreffendes Responsum des Rabbenu Tam zu copieren,
das sich zu Gunsten der Frau aussprach, und dem auch sein
Lehrer durch seine eigenhändige Unterschrift beigestimmt
hat ;[1]) nichtsdestoweniger beharrt R. M e i r auf seinen dem
M a n n e günstigen Richterspruch.[2])

[1]) וכבר נעשה ששלחו סטיידביוק (so richtig ed. L.) לציֵרֵם אצל מהיר
שמואל בי שלמה והבעל היה חפץ לביא את אשתי לילך אחריי וסהרי היה חולה
באותה שעה ולא היה יכול לכתוב והראה לי תשובת רית (so richtig ed. L.)
יצוה לי להעתיקה להם וחתם עליה רבין רהֵי סלֵועֵתא דרבֵיתא עבדֵין הבא
לחיֵסרא והבא לחיֵסרא.

Resp. z. Maim. hat hier ליֵצ bei שלֵמה, שמואל בי was entweder
falsch ist, da wir aus der Prager Sammlung wissen, dass R. Samuel
zur Zeit noch am Leben war und auch über d i e s e n Fall seine Entscheidung getroffen hat, in der er ja der entgegengesetzten Entscheidung
seines Schülers gedenkt, oder es bezieht sich das ציֵל auf R. S a l o m o,
den V a t e r R. Samuels.

[2]) על פי הדברים האלה סטרֵנו את הֵאריֵם סלֵביֵא שסה ועל פי ראיֵות
בֵהֵריֵת דסקֵני הדין.

Ed. Crem., N. 36 mit der Unterschrift סאיר בֵר בֵרֵך behandelt
einen ähnlichen Fall: ואשר שאלֵתֵם על נסֵתֵלֵי שהֵיֵא חפץ לביֵה אשֵתֵי שֵתֵצֵא
סן הסקום אשר היֵא שסה ללֵבת אחריֵו אל סקום אחֵר יהֵא והֵיא אֵינֵה רֵוצֵה לצֵאת.
Wie im obigen Falle beruft er sich auch hier auf die Tossephta: אבֵל
בֵן יהודה שֵאֵירֵס אשֵה בֵנֵלֵיֵל בֵיֵסֵין אֵיתֵה לצֵאת שֵעֵל סֵנֵת בֵן נשֵאֵה, erwähnt
aber ebenso auch hier des divergirenden Jeruschalmi: אסֵנֵו אֵין לֵכֵם לֵעֵשֵית
סעשֵה בֵי הֵיֵרֵושֵלֵסי חֵולֵק על הֵתֵוֵסֵפֵתֵי יֵצֵע לֵיֵשֵב הֵתֵוֵסֵפֵתי שֵלֵא תֵחֵלֵיֵק על
הֵיֵרֵושֵלֵסי. Zum Schlusse sagt er endlich: אֵבֵנֵו בֵשֵהֵיֵתֵי בֵצֵרֵפֵת רֵאֵיֵתֵי
תֵשֵובֵה בֵשֵם רֵבֵי תֵם שֵיֵשֵב הֵבֵל שֵלֵא תֵחֵלֵוֵק הֵיֵרֵושֵלֵסי על הֵתֵוֵסֵפֵתא
הֵיֵרֵושֵלֵסי והֵתֵשֵובֵה אֵינֵה בֵידֵי ונם הֵיֵרֵושֵלֵסי was sich ohne Zweifel wiederum
auf den seinem Lehrer vorgelegten Magdeburger Fall bezieht. Ueber
Büchermangel hören wir ihn sehr o f t klagen; das berechtigt uns noch
nicht, ihn da schon in's Gefängnis zu versetzen.

Interessant ist in Nr. 117 dieser Sammlung seine Antwort auf
die an ihn ergangene Anfrage: Nach welchem Princip eigentlich die
verschiedenen Länder hinsichtlich des gegenseitigen Zwangsrechtes der
beiden Gatten zur Mitauswanderung abzugrenzen seien? Welches Moment
dafür entscheidend sei, um zwei Länder in ein solches Verhältnis zu
einander zu setzen, dass die Ausübung dieses Zwangsrechtes unstatthaft
sein soll? סה שֵשֵאֵלֵתֵי על הֵהֵיֵא רֵבֵי אֵרֵצֵית לֵנֵשֵאֵין סה נֵקֵרֵא עֵתֵה בֵי
אֵרֵצֵית וסה חֵלֵוֵכֵה. ›Entscheidend, meint er.‹ ist diesbezüglich einzig und
allein die S p r a c h e. Länder verschiedener Zungen, wie Frankreich,
England, Russland und die slavischen Länder, sind diesbezüglich als

So präsentirt sich uns hier der Rabbiner von Rothenburg als ein ganzer Mann, der als selbstständiger Charakter seiner eigenen Rechtsanschauung folgt und ihr auch gegen die seines von ihm hochgeachteten Lehrers Geltung zu verschaffen sucht.

Unterschrieben ist das Responsum in beiden Quellen: מאיר ביר ברוך שיחיה Es lebte also der Vater auch zur Zeit dieses Vorfalles.

Welche Vorwürfe und Anfeindungen R. Meir durch seine Entscheidung für den armen jungen Mann gegen dessen reichen Schwiegervater, „dessen grosser Ruf durch alle Länder ging“, sich zugezogen hat, erschen wir am besten aus einem hierüber an ihn gerichteten, erst jetzt bekannt gewordenen Schreiben, worin der Respondent Elieser ben Ephraim, bei aller zum Ausdruck gebrachten hohen Verehrung für R. Meir, doch zuerst mit feiner Ironie bemerkt, dass er durch seine grosse Gelehrsamkeit und Geistesschärfe „die Räder der Thora dorthin lenken könne, wohin er wolle, so dass dadurch seine Worte unfassbar und dem Minderbegabten räthselhaft erscheinen. So sei es auch

---

verschiedene Ländergebiete zu behandeln. Auf gleichsprachige Länder findet die Bestimmung der Mischna keine Anwendung. »Denn, so argumentirt er,« wollte man Sachsen, Franken, Elsass, Rheinland Baiern und ähnlich zu einander stehende Gebiete diesbezüglich als verschiedene Länder betrachten, warum wäre dann das vierhundert Quadratparsa grosse Gebiet Palästinas in nicht mehr als drei gesonderte Länder diesbezüglich abgegrenzt?« נראה דאצ״ם וארץ האי. ואשכבן ארץ כנען חלוקים לארצות בין שחולקים בלשונם. ובבבא נדולה היא שאין נקרא חילוק ארצות אלא אותם שנפרדו ללשנותיהם שאב בת לישי ששניא (Saxonia) ורינקא אילושא רינים ביביר (Bavaria) נקראים חילוק ארצות אם כן אין יתכן שבכל ארץ ישראל שהיה ע׳ ביסה ולא היו בה כי אם כי ארצוני.

Das in unserer Zeit so hochgehaltene Nationalitätsprincip wird hier vom Rabbiner von Rothenburg als Kriterium der Homogenität verschiedener Länder bezüglich des Eherechtes aufgestellt. Er beruft sich auch hiebei auf Maimuni's Worte: כגון ארץ כנען וארץ מצרים וארץ תימן lauter verschiedensprachige Länder ארץ בוש וארץ שנער יביצא בהן דאין מוציא אותה אל עם אשר לא תשמע, סתוך דברי ששמע so schliesst er, לשיני.

in diesem Falle. Die ganze Welt wundere sich über diese
Entscheidung, die er nach seiner (des Respondenten) Ueber-
zeugung nicht getroffen haben könne". Zuletzt richtet er die
dringende Bitte an ihn, sich nicht hiedurch der allgemeinen
Missliebigkeit auszusetzen, sich nicht, bei all seiner
Grösse, gegen die Entscheidung der greisen
Lehrer Frankreichs aufzulehnen, damit nicht die Streitigkeiten
in Israel überhand nehmen".[1]) So eine eindringliche Straf-

---

[1]) Ed. Berl., Handschr. Amsterd. II, N. 81: למי נאה לסלל בנבורת
דת ופלל לסי שיודע כל תהלית ספעלית ססילסלות הוא סורי הריר סאיר שי ויען
אשר בידו בגלי ואיסני התורה לפניתם ולהסותם לכל צד שירצה אין אדם יכול
לעמוד על סיף דעתי ודבריו נםלאים וראסות לסתאים באשר ראיתי על עסק
פסק (richtiger) דין שפסק בעירו ולא יכולתי להבחין הדבר ולבררו וסטיבותיה
דסר באתי לשא ולתן בו כי תודה היא וללמוד אני ציוך . . ראיתי הפסק דין
אשר פסקו הדיינים על אודנ הרי יהודא סדורא אשר נתן בתו לרוווק אחד
ויעקב בר משה שמו הדר בעירו . . . . וגם ידוע לכל שיש חסש נדול
בדבר . . . . הן ססבוש הדרך שבילה בחוזק סבנה הן אם תדור בסקום הבחור
סחסת אבוה אשר שסעו יסרשת נדולתי הולך בכל המדינות . . . . .
וסתוך אלו ההובחות נםלאתי איך פסקו כן שלא לכוף הבחור לבוא ולבנם ונם
לאסור ובמסורסה אני שאאר לקתה סדת הדין בכך ואסי בלא סדת
הדין אך לסי ניהוג וסברת העולם לא היה נכון הדבר זה ומקובל
על רוב הדיעות איב לא שבקת חיי לראשי בולאית שואבי בני אדם במרסה
ויתנו עיניהם בסטונו וידהוגו אליו ולאחר שיקדשו לבתו או תתקדש בתו לי
יודע שלא יהא רשאי לצאת ססשלתי ולא ירצה לא לבנוס ולא לסטור
אם לא שיתן לי הין רב דבר זה אין הדעת סובלתו יעתה סורי ידעתי הא פסקא
לא סבירא לך ולא אאריך כל הציוך כך סדוסה אני וסשכני נפשך אהא פסקא
לסה לך שבתבת שבבשיך נפסק הדין כל העולם סתסיהים . . . . . .
אחרי הדברים האלה סי הוא רב ותלסיד דיין וסוסס ביסראל שיסטע
לדבריך אותם האנשים הסבקשים תיאנה לאסר שתבא לשם . . . . נא
סורי בסדוסה אני שאין לי בכודך בכך כל העניין העסק והעסק תולי־
עליך . . . . נא סורי הסר סעליך תלונות והשיא לאיתה האנשים עצה
ההונגת להם . . . . ושלח הדבר לפני יסיסים נדולי צרעת ושאר סקוסות
ובסדוסה אני שבילם הסבטי לבוסי . . . וידעתי אף כי סורי נדול הדור לא יציה
לו לעבור על דברי זקנים ואם ישלחו נוזתם יקשה לך לעבוד עליה ולבטלה סן
ירבו סחלוקות ביסראל. ולפני התנלע הריב ולהסקוטו ונדיל השלום וסורי יסא
שלום סאדון השלום הוא ותורתי ובתו וסיעתו וכל הגלוים אליו כנפש אליעזר
ביד אפרים איל.

Wir finden diesen Respondenten noch in ed. Crem. N. 30, Pr.
243: סל אירות טליך, נתיב יאירי ביהוד סיליך סהריר אליעזר ביר אפרים הזקקתני
לחוות דעי ולא לכך הוצרכת כי דבר (כבר soll heissen: ססשת בהר ובשאלה.
Die Prager NN. 243—244 bilden in Crem. die N. 30. Hier

predigt musste der Rabbiner von Rothenburg wegen dieser
Amtshandlung sich gefallen lassen.

Der Respondent ist sicher identisch mit dem gleichnamigen zeitgenössischen Rabhinatsmitgliede zu Cöln. (Siehe
oben S. 19. Note 1.)

Von seinem Aufenthalte in Rothenburg zeugen auch
folgende, theils zeitgenössische, theils spätere Berichte.

Sein Schüler Simson bar Zadok theilt uns mit, dass
R. Meir bezüglich solcher Oefen, wie sie in R o t h e n b u r g
u n d i n v i e l e n O r t e n gebaut werden, die besondere, er-
leichternde Bestimmung. trifft, auf ihnen die Speisen am
Sabbath wärmen zu dürfen.[1])

Sein Zeitgenosse in Rothenburg, M o s e P a r n e s, er-
zählt in seinem Werke ספר פרנס „Wenn die Christen den
Erub (עירוב) in Rothenburg zerstört hatten, gestattete R.
Meir, dass die christlichen Dienstboten die Speisen aus dem
Wärmeofen in die Häuser trugen.“ Diesem Bericht fügt dann
Jacob Möln hinzu: „Es ist bekannt, dass Rothenburg eine
von festen Mauern eingeschlossene Stadt ist seit den Tagen
R. Meirs.“[2])

Ferner erzählt derselbe: (Mose Parnes) „R. Meir hat
e i n g e f ü h r t i n R o t h e n b u r g, dass die Leidtragenden
in der Trauerwoche am Purim die Schuhe anziehen und in
den Tempel gehen sollen, um zu hören die Megilla am Vor-

---

schliesst das Resp. mit den ehrfurchtbezeugenden Worten: וישלים סו'
[1] .וישלים תירתי וישלי' כל בנוותו יגדל כנפש מטיתו סר לטשמעתו

[1) ואמר מהר״ם ז״ל שטותי להחם פשטידא בשבת אצל האש מרחיק
בסקום שאין היד סולדת בו . . . . . אבל אינו יביל להניחה על נבי התנור שטש
אבל אם יש דפין עשוין על נבי התנד כמו שיש ברוטנבורג . . . . . .
ובהרבה מקומות או מיתי להניח על נבי הדפין (Taschbez. N. 27).

[1) ועוד הבאתי ראיה ספפר פרנס שכתב שם כשהיו הנוים משברין התיקונים
ברוטנבורג והתיר מהרי״ם היו מביאות וכו' וידיע שרוטנבורג עיר מוקפת
חוסה דלתים ובריח מימות מהר״ם (תשיבות מהרי״ל) ed. Krakau 1881, N. 156.)
Vgl. das. N. 109: ואע״ג שכתב בפרנס דכשהיו נוים משברים הקוריות והלחיים
לא היה מוחה מהר״ם שהיו הגויות מוליבות החמין סן התנור לבית בעליהן וכשהיו
muss היה סתיירא לאביל. Das סביאות איתי מעצם היה סתיירא לאביל עכ״ל
emendirt werden in היה סתיר לאביל, dann stimmt dieser Bericht mit
dem ersteitirten; sonst würden die beiden Berichte desselben
Erzählers einander widersprechen.

abend und am Morgen, nachher aber wieder die Trauerbräuche
beobachten sollen; jedoch haben sie die üblichen Geschenke
an Zwei oder Drei zu schicken.[1])

Ein Dritter, der Sohn seines Lehrers, Chajim Elieser ben
Isak Or Sarua, erzählt: er habe gehört von R. M e i r C o h e n
i n R o t h e n b u r g, dass u n s e r R. Meir entschieden habe,
wenn mehrere Bewohner eines Ortes in Haft genommen
werden; so habe jeder einzelne von ihnen das Recht, mit
der R e g i e r u n g f ü r s i c h a l l e i n die Auslösungssumme
zu bestimmen, ohne an dem gemeinschaftlichen Auslösungs-
betrage der Uebrigen participiren zu müssen.[2])

Die Abschrift eines i n R o t h e n b u r g u n t e r d e m
R a b b i n a t e R. M e i r s ausgestellten Scheidebriefes
wurde noch im f ü n f z e h n t e n Jahrhundert in Mainz sorgfältig aufbewahrt, und eine Copie dieser Abschrift wurde dem
d a m a l i g e n Rabbiner in Rothenburg, מהר״ר יעקב אמשט״ם
auf sein Verlangen zugesandt.[3]) Durch dieses Scheidebrief-

[1) מהרי״ג הנהיג בריוטנבורק לאבל שיעעיל מנעליו ילך לבית לשמוע
מגילה ערבית ושחרית ובצאתו יחזור לאבילותו אבל הוא חייב לשלוח מנות לבי׳
או לב׳ בני אדם כי הוא חייב בכל הצעת יבן העיר עליו בן בספר מרגם ולא
ספר סהרי״ל (S. באי״ח שהעיד על מהרי״ם שאמר שלא לנהוג אבילות בסירוס.
ed. Warschau S. 60).

Vgl. Respp. z. Maim. סבר שימ(שים, N. 16 u. Hag. zu סבר שימ(שים.

II הי מגילה וחניכה. Hieraus ergiebt sich, dass Jakob Möln (starb 1427), den M o s.
P a r n e s aus R o t h e n b u r g für einen c o m p e t e n t e r e n Tradenten
über Entscheidungen R. M e i r s hielt als den Ahron Hakohen, Verfasser
des ארחית חיים. Dies stimmt mit der anderweitigen Aeusserung Jakob
Mölns: ולא תימא מדרסבים לחוידית הוא דאסור לחלוק סן הסוסא אלא בסדר כ׳
חליצה שבספר סרגם דבתראה הוא ועם״י סהר״ם ונכתב כתב נ״ב
דסיסא אינו חולק. תשובית סהר״יל, N. 181).

2) שבך שמעתי מהרב ר׳ מאיר כהן בריוטנבורק שסירינו רבינו מאיר)
וציל השיב היהא שנחפסו בני הישוב ופשרי כל אחד לעצמו שאינם משתתפים
ליתן כל אחד לפי סמוני כי אינם שיתפים אלא לסמים שהם דינא דסלכותא ולא
לעליוית. (Responsen des Chajim Or Sarua, N. 253.)

Vgl. Respp, z. Maim. סבר קנין, N. 1. Unter dem מאיר כהן in
R o t h e n b u r g ist sicher der Sammler d. Hag. Maim. gemeint, der also
in Rothenburg lebte.

3) גם שמעינן שלח לך הרב הבהן שיסם אחד סועתק סטוסם :ט ישן)
זונכתב על שם רישנביוק וכתוב על השיסם ההוא שהוא מסודר ספי סידוס
סדרי דאתרי הדיו. In den סכקים Israel Isserleins, N. 142.

3*]

Formular erfahren wir auch zugleich, dass der Rabbinatssitz
R. Meirs in Rothenburg an der Tauber war, nicht in
der gleichnamigen Stadt am Neckar.[1]

Nach dieser Aneinanderreihung sämmtlicher Stellen,
in welchen wir Rothenburg entweder ausdrücklich als Rabbinatssitz R. Meirs angegeben fanden, oder aus ihnen mit
Sicherheit ermittelt haben, gehen wir die Stellen einzeln durch,
an welchen andere Gemeinden entweder ausdrücklich als
seine jeweiligen Rabbinatssitze angegeben oder zu erkennen
sind.

Von R. Meir selbst wird uns einmal Kostnitz als
sein ehemaliger Amtssitz ausdrücklich angegeben; indem
er sich in einem Responsum auf folgende, von ihm während
seines Kostnitzer Rabbinates erflossene schriftliche Entscheidung beruft: Wenn eine Frau durch bösartiges, zanksüchtiges
Betragen die Scheidung vom Manne erzwingen will, da er-
hält sie ihr zugebrachtes Gut, der Mann aber behält, was
er mitgebracht oder erworben hat.[2] Das Resp. ist noch beim
Leben des Vaters abgefasst; der also nach der
Kostnitzer Amtsperiode seines Sohnes noch
gelebt hat.

---

[1] ‫ושם הנהר שבתבת אתה לכתוב טייבר ובטוטש בתיב טיבא נראה‬

‫... דהטוטש סדיקדק בזה בט' שהעיד נ"ב הזקן ...... יתו דכין דעיר‬
‫הזאת רישבורק נקרא כפי רובא דעלמא שספביתיה רחוק ששה עשר או חמש‬
‫עשר פרסאת רישנבורק סנהר טייבר כדי להפריד בן רישנבורק בן נעקר.‬

Interessant für unseren Gegenstand sind noch im selben Resp.
Isserleins Worte: ‫וסמירים אין לדביא ראיה שהיה מישלג ובכן לא היה‬
‫בדורו כמותי.‬

Auf sein amtliches Wirken in Rothenburg weist noch folgende
Stelle hin: ‫ראובן האומ' נידון כאן ברוטינבורק ושמעין אומ' נלך לבית היוער‬
‫בסריגבורג‬ (Marienburg?) ‫אי לסקים אחר .... עתה בזה תקנת הקהילות שבבל‬
‫סקים שיש ב"ד כשר שאינו יכול להחות ולוסר נלך לבית היוער‬ (Ed. Berl.,
Handschr. Amsterd. I. N. 293.)

Endlich schreibt R. Meir an Zidkija bon Abraham Rofe: ‫וסה‬
‫שבלי‬ (Siehe ‫בצע לדומי להשבים לפתחי, הלא מעבר לרוטונבורנו סנר ביריחו,‬
‫הלקט השלם‬ S. 4, Anm. 15, ed. Buber).

[2] Das Resp. ist von solcher Wichtigkeit für die Orientirung in
der Aufeinanderfolge der einzelnen Amtssitze R. Meirs, dass wir es für
zweckmässig halten, den grösseren Theil davon hieherzusetzen: ‫ועל עני‬

Nun theilt uns Chajim Elieser, Sohn des Isak Or Sarua mit, dass R. Meir wohl s o entschieden habe zu wiederholtenmalen, dass er aber z u l e t z t, a l s e r i n N ü r n b e r g w a r, von dieser Entscheidung zurückgekommen sei, und fortan entschieden habe, dass ein solches Weib gar nichts, auch nicht ihr Zugebrachtes zu beanspruchen habe.[1])

Halten wir diese beiden Stellen gegeneinander, so geht aus ihnen das Eine mit Evidenz hervor, dass R. M. f r ü h e r

הסיררות כבר כתבתי לך דעתי בהיותי בקושטנצא דדיינין בה דינא דסתיבתא כמו שכתב רב אלפס ורוב הגאונים סוף דבר נדוניא דהנעלת ליה דתפשה לא ספקינן סינה לדיה אבל מה שהוא הבנים ספקינן סינה יהבינן ליה ..... הכא לא נהנינן לכופו לגרש מנה מאחים נמי לא קהיב לה דלא ניתנה כתובה לנבות מחיים בלא נט (so muss das sinnlose דלא נבי nach סדרכי zu Kethuboth. V, § 183 emendirt werden, was R a b b i n o w i t s c h auffallenderweise nicht bemerkt) יפעטים רבית בא פעטה כוה לפנינו ודגנו בך דיהבין לדידה סה דעיילא ליה ... ולדידיה יהבינן ליה מאי דעייל לה ... ושלים מאיר ביר ברוך שיחי. (Ed. L. 328).

In derselben Weise entscheidet R. M. in den Resp. 442 und 946 ed. Prag. In letzterem bietet die Anfrage des Respondenten ein culturgeschichtlich interessantes Moment. על פעשה של בן סנדל קטין יאמרתי להם הכל ונם כאשר פסק רבינו אבץ אמנם לא אתיר לי לישא אשה עד שיתיר לי הגאון סי' והרבה דברים אסרה שהיתה רוצה לילך לבין הגוים ועד בלי די אסרה שאין פסק להגיד ולמתצו ויען כי נבהו כנות רינגשבורק על בעליהן מאז וסקדם וכי'ש עתה על כן עמוד בפרצית והתיר לו לישא אחרת כדברי הגאון רבינו אב'ן כאשר פסקתי ולהתיר לו מיד לישא כי אתה ר א ש ..... הכל יבאר לנו הגאון כי סצוה רבה לעשות תקנה לבעל. Wir erfahren hier, dass »die T ö c h t e r R e g e n s b u r g s« sich von jeher gegen ihre Männer hochmüthig benahmen und um d i e s e Zeit um so bekannter dafür waren. So eine Regensburgerin hatte der unglückliche Sohn des M a n d e l K e r n. R. M. sagt in seiner Antwort: ויתן (wohl richtiger: ויוסר) וגאסרו ואסר אי אפשר קצת לרדותה שלא יקר לבעליהן.

דבר זה עלה בידינו מרבותינו ז'ל דכל היכא דאמרה מאים עלי כופין (ו' איתו להוציא לאלתר בלא כתובה ותוספת אבן מה שהכניסה תסול וכן דן מורינו רבינו מאיר זצ'ל כסה פעטים ולבסוף בהיותו בגורנבורק פירש לקהלות הקודש שבריינום שתקנו (leg. שיתקנו) שאאילו מה שהכניסה לו זו לא תסול ואיני יודע אם פשטה תקנה זו (Resp. Chaim Or Sarua N. 155. Man vergleiche noch zu dieser Entscheidung R. M.'s תשובית הראיש N. 41.) Damit übereinstimmend und zur chronologischen Fixirung n o c h e i n e s w e i t e r e n P u n k t e s beitragend, lesen wir bei demselben ferner: אם היא סירדת ואינה רוצה לשוב אליו כופין איתו להוציא כאשר כתבתי ..... ואני ראיתי את סורי רבי' מאיר זציל שדן בו הלכה למעשה שצוה לבעל ליתן

in K o s t n i t z und n a c h h e r in N ü r n b e r g Rabbiner war.
Ja, wenn die Wiedergabe dieses Berichtes durch einen Enkel
des Chajim Or Sarua genau ist, hätte R. M. e r s t g e g e n
das E n d e s e i n e r T a g e ימיו בסוף in der Weise — wie
bei C h a j i m Or Sarua in Nürnberg — entschieden.[1]) Darnach wären wir sogar berechtigt, Nürnberg als seinen letzten
Amtssitz anzusehen, was auch mit dem לבסוף בהיתו בנורנבורק
des C h a j i m Or Sarua stimmen würde.

Als e i n s t i g e n Rabbinatssitz R. M.'s finden wir bei
seinem Schüler S i m s o n b. Z a d o k auch A u g s b u r g
angegeben. Er erzählt uns von der Tradition seines Lehrers,
dass Maimuni in Städten mit einem ständigen Minjan den
ohne Minjan Betenden nicht gestatte, den Segensspruch über
das Hallel zu sagen, und er fügt dann bei, dass sein Lehrer es
so geübt habe, a l s e r i n A u g s b u r g w a r.[2])

גט בלא כתיבה וגם הוא לא יקח סכל אשר לה אלא סה שהבנים מטלי ורבי
leg.) הטורדות או שלח לסורי הר׳ר ידידיה שהיה בשטירא ולשלשלת
ילשלשת) הקהילות להתיעד יחד ולתקן שהטורדת תפסיד גם סה שהבנים
תקנה אותה פטטה אם ידעתי לא אבל ריקנית ותצא. (Das. N. 126.)
Im 14. Jahrhundert galt die Ordnung des Rheins für gleichbe-
deutend mit der von Rothenburg (Zunz Ritus 67).

אכן אודית הספן והנבטים בסה הוא זוכה ובסה היא תוכה רבותינו[1])
חלוקים בזה כי בסה ב׳ ויל וכל סה שבתב לה בעל אסי׳ תפסה סיצאין סידה
אבל סה שהביאה אין סיצאין סידה עכ׳ל ס׳ה וכן איתא בת׳ סהיר אליעור
זצ׳ל . . . . לתת גט לאשה לאלתר . . . . . וסהיר אליעור וצ׳ל כתב בשם
האלפטי וצ׳ל דלא קנטין לידידה סה שהביאה עסה וכ׳ב בשם סהרים אבל
אבא סארי זצ׳ל אסר לנו שתחלה היה דן סהרים וצ׳ל כן אבל בסוף ימיו
פסק דקנטין ליה (leg. לה) בכולה אסי׳ בסה שהביאה עסה וכ׳ב
לקהלית לתקן . . . . והוסיף סהרים וצ׳ל אסילי סאי דתפסה ואסי׳ סטה שהביאה
קנטין לה בכולה וכן אסר לתקן לקהלית סחסת דלא אבטטיר דרי זרבי הטורדות
בן וטפק סידה היה וצ׳ל סארי אבא שגם האמת על לי כסדוטה וכן. (ibid. N. 69.)
סהיר. יצחק בן הרב ר׳ יצחק נב׳ה Das Resp. ist unterschrieben
אליעור Dieser ist sicher identisch mit E l i e s e r aus »T u c h«, dem Verfasser
der »T o s s a p h o t T u c h«, der Zeitgenosse R. Meirs war (S. Zunz, Zur
Gesch. S. 193). Vgl. weiter S. 41, Anm. 4.

הנהות סיסוני zu תפלה ה׳ XI erzählt von einer Entscheidung Auch
וכן הירה R. M.'s in Nürnberg bezüglich der Erhöhung der Synagoge.
בנורבערק רבי סורי Ferner סי׳ ד׳ל השנה תפלית ס׳ III: סוצאי ואם
בנירנבורק. שטבת שהאור על וסברך הכום על וסבדיל לך ויתן אוסר הוא שבת
יחידים ים אם סנין שיש בסקום ים סיטנין שבטטר אסר ו׳ל הרים אסגם[2])

Dass R. Meir einst auch in W o r m s Rabbiner war,
dafür haben wir nur ein schwaches Zeugnis seines Schülers
A s c h e r ben Jechiel, der seiner eigenen Entscheidung über
den Auftheilungsmodus eines gemeinschaftlichen Grundstückes
hinzufügt: er habe dasselbe Urtheil abgegeben vor R. Meir,
als dieser einen solchen Fall zu entscheiden hatte in Worms.[1])

Ein ähnliches Zeugnis haben wir für den Amtssitz R.
Meirs in W ü r z b u r g. Einer seiner Schüler erzählt uns:
Ein Schuldner berief sich bezüglich der bei ihm ausstehenden
Geldforderung auf die verjährende Wirkung des inzwischen
eingetretenen Erlassjahres. Gläubiger und Schuldner kamen
vor R. Meir in W ü r z b u r g und trugen ihm den Fall vor,
den er auch entschieden hat[2]).

Endlich weisen d r e i Quellen auf M a i n z als Amtssitz R. Meirs hin[3]).

<hr />

שאין יכולים לבא . . . . אפי׳ הם שלשה אין להם לברך על קריאת ההלל
‏(Taschb. N. 207) ‏וכן עשה כשהיה באיש ברוקא.

‏[1]) וכן דנתי לפני הר׳ מאיר זיל על מעשה שעש׳ בוירמשא וראה בעיני
‏(N. 98.) ‏תשיבו׳ הראש״ם. שהיה בדעתי הב׳ דלא ליסיף עלה

Auch aus dem קם בני תחתי לשרים im Epitaph des R. B a r u c h
könnte man vermuthen, dass R. Meir auch in Worms, und zwar erst
nach dem Tode des Vaters, Rabbiner war. Dies wäre nach 1276 oder
nach 1281, je nachdem man das e r s t e ה im punktirten Worte האלף
für E i n e r oder für Tausende nimmt. Vgl. hierüber Lewysohn a. o. a. O.

‏[2]) מעשה בא לפני מורי בוירצבורק ראובן שהלוה לשמעון סעית
‏לחצי ריוח והיו הסעות ביד הלוה עד שעברה עליהם השמטה ואחי כך באו
‏לפניו הלוה טוען שמטה והמלוה לא היה יודע לטעון פרוסביל היה לו ואבד.
‏(N. 1097.) ‏תשו׳ הרשב״א

Das Responsum ist defect; die Entscheidung dieses Falles ist im
e r s t e n Theile desselben etwas lückenhaft gegeben. Der z w e i t e, mit
הגני משיב בקצרה beginnende Theil bezieht sich schon auf eine ganz
andere Anfrage.

Auf dieses Resp. R. Meir's beziehe ich die Worte A s c h e r i s
in seinem, den g l e i c h e n F a l l b e h a n d e l n d e n Responsum: ותשובות
‏מורינו שיחי׳ מצאתי מזה הענין . . . . . ואני חובך בדבר ביון שכתבתי (? שכתב)
‏N. 77), ‏תשוב׳ הראש״ם. מורי שיחי׳ בזו התשובה והיה נדולי דור ודור, von
dem auch das obenangeführte Resp. im תשו׳ הרשב״א stammen dürfte;
dann hätten wir in A s c h e r i auch das Quellen-Material für R. M.'s
Amtssitz in Würzburg.

‏[3]) Ed. Prag. N. 805: ‏ואנו נוהגים פעמים שהחזן יושב כאן במעגנך
‏וכיתב בתיבות לבני הבדרים ומזכיר שם הבער ילא בסעגנך.

Im Ganzen werden uns also sieben Gemeinden entweder
ausdrücklich als Rabbinatssitze R. Meirs genannt oder doch
deutlich als solche zu erkennen gegeben, und von einer derselben, von Rothenburg, wissen wir, dass sie im Jahre 1272
der Rabbinatssitz R. Meirs war. Wäre nun Rothenburg —
wie Wiener und Frankel meinen — sein e r s t e s Rabbinat
gewesen, so müsste R. Meir, dessen a m t l i c h e Wirksam=
keit nur bis 1286 reicht, alle übrigen sechs Rabbinate in
dem kurzen Zeitraum von kaum 14 Jahren 1272—1286 be-
kleidet und ein wahres Wanderleben in diesen wenigen
Jahren geführt haben. Ebensowenig kann es — wie Landshut
annehmen will — sein l e t z t e s Rabbinat gewesen sein, da
wir ihn schon bei seines Lehrers Lebzeiten j a h r e l a n g in
Rothenburg fanden und uns sonach v o r Rothenburg w i e -
d e r u m zu wenig Zeit für alle übrigen sechs Rabbinate
verbleibt. Wir haben darum Rothenburg vorläufig nur als die
Stätte seiner l ä n g s t e n Wirksamkeit zu betrachten[1]) und

---

Respp. Chajim Or Sarua. N. 164 : ...... ורבינו מאיר וציקלה"ה תירץ
ובשקבע בית סדרשו במגנצא והושיט לי שרביטו אשר לא כדת בעונתה הלכתי
יצחק בן הר"ר Der Schreiber ist .להקביל פניו פעמים לראות אם יסבים לדברי
אליהו, dem die NN. 164 u. 165 angehören. Er war aus Frankreich.
ויש שאין אובלין (ובתעגית חלום ער"ה: N. 33 : (scil. תשובות מהרי"ל
ביום כדי שלא יושיפו פחיל על הקידש בהאי ייש פשום דיוסא דדינא היא ובפדוסה
שבן הר"ה סדרים ז"ל בשעגינצא.

Dass das Formular (שטב) eines unter R. Meirs Rabbinate in Rothenburg geschriebenen Scheidebriefes noch im 15 Jahrbundert in M a i n z
aufbewahrt wurde, haben wir schon oben S. 35 mitgetheilt. Im selben
Jahrb. war in Mainz auch noch ein autographisches Resp. von Isak aus
Wien vorhanden. Jacob Möln erzählt in seinen Responsen. N. 70: ובבקר
בשבת בביה העיר (האיר .l) הקב"ה את עיני ובא בעיה אחד והביא לי ספר יש
ושאלני סהו והצצתי בו ואסרתי בו פ" פתיב וראיתי בו בתחלתי קצת תשיבות
ישנות אחת היתה כתיבת יד רבי' יצחק א"ז וזיה ניכ בחבירו ומכיר אני כתיבת
ידו כי כמה פעמים היה בחדרי. Dieses Scheidebrief-Formular R. Meirs und
dieses autographische Responsum s e i n e s L e h r e r s mögen einst im
Besitze R. M e i r s in Mainz gewesen und daher auch dort geblieben sein.

[1]) Darum haben wir — was sich aus meinen Noten zu den einzelnen Amtssitzen R. M.'s ergab — von keinem zweiten Amtssitze R.
M.'s so viel Berichte wie von Rothenburg, weil er überall eine viel
kürzere Zeit gelebt hat als in Rothenburg. Am kürzesten weilte er jedenfalls in Kostnitz, Augsburg und Worms.

darin allein auch den Grund für seine Benennung „aus Rothenburg" zu suchen.

Chronologisch möchten wir diese Amtssitze in folgender Weise aneinanderreihen: Kostnitz, Augsburg. Würzburg, Rothenburg, Worms, Nürnberg, Mainz. Von den Gründen die uns für diese Eintheilung bestimmen, soll weiter noch ausführlich die Rede sein.

III. Capitel.

Amtliche Stellung und Wirksamkeit.

Wir kommen nun zur Beantwortung der Frage, welche officielle Stellung R. Meir unter den Rabbinern Deutschlands eingenommen hat. Jost[1]) und nach ihm Grätz[2]) machen ihn zum deutschen Reichsrabbiner, Andere zum Oberrabbiner der deutschen und französischen Juden[3]). Dies scheint uns allerdings etwas zu weit gegangen. Wir haben weder dafür, dass er von Kaiser Rudolf dazu ernannt, noch dafür, dass er von den Gemeinden hiezu erwählt worden wäre, irgend einen stricten Beweis. Die dafür herbeigebrachten Stellen beweisen gar nichts, ja die aus externen Quellen hergeholten beweisen eher das Gegentheil[4]). War er aber auch nicht for-

---

[1]) Gesch. d. Judenth. u. s. Sect., III, S. 58: »Oberrabbiner des Reichs«.

[2]) Gesch. d. J. VII, S. 170: »Der erste officielle Grossrabbiner des deutschen Reiches".

[3]) Die hiefür als Zeugnis vorgebrachten Worte Meiris: עד אשר הגיע הזמן לר' מאיר מרוטינבורק ראש ישיבת כל ארץ צרפת והרביץ תורה והגדיל בית הבחירה) עד לסעלה. S. 186) sagen nur, dass er die grösste, berühmteste Jeschiba hatte. Der ראש ישיבה war nicht identisch mit dem אב בית דין.

[4]) Die dafür von Wiener u. o. a. O. zuerst herangezogene und darnach von Grätz l. c. aufgenommene Stelle bei Chajim Or Sarua N. 191: והוא)ר' מאיר מרוטינבורק היה ראש הישלבות וסנהדרינו (gr. parenthesirt) hat hiebei gar nicht in Betracht zu kommen, weil sie sich in Wahrheit gar nicht auf R. Meir bezieht. Sehen wir uns die Stelle im Zusammenhange mit dem ihr dort Vorangehenden und Nachfolgenden genau an. Der Respondent ist הרי יחיאל הבה׀ן. Es handelt sich um die vom Gatten verweigerte Herausgabe der Mitgift einer סוררת. Hierauf bezogen schrieb er :

mell das ernannte oder erwählte Oberhaupt, so sah man ihn
doch allenthalben wegen seiner immensen Gelehrsamkeit dafür
an, und wurden ihm die einem solchen zukommenden höchsten äusseren Ehren erwiesen, wie man seinen Entscheidungen,
Aussprüchen, Anordnungen und Einrichtungen das höchste
autoritative Gewicht beigelegt hat.

זמהיר אליעזר וצ׳ל הנהיג בזה הסלכית להחזיר כל הנהינא אפילו׃ תםם באלפםי
וכרבינו םאיר וצ׳ל והיא היה ראש הסלכית וסנהינו והודיעני אם יש לעשות
אי לאו. כאשר הנהיג הזקן Jedem Kundigen wird aus dem vorangehenden כאשר הנהיג הזקן und dem nachfolgenden הנהיג בזה הסלבות sofort
klar, dass auch das והוא היה ראש הסלבית וסנהינו sich auf den
zuerst genannten מהיר אליעזר und nicht auf den zuletztgenannten רבינו
םאיר bezieht. Die Richtigkeit dieser Auffassung ergiebt sich auch aus der
Antwort, in der es heisst: (offenbar nur verdruckt ותורי הריד אליה
ואליעזר הנהיג בסדינת בם באלפםי וכרבינו םאיר ז׳ל וצריך להחזיר für
יחיאל הבהן 'Der Respondent לה. כל םה שרבניםה לו gehörte also einem
anderen Reiche an, wie er auch selbst in der Anfrage sagt הנהיג
בזה הסלבית zum Unterschiede vom Reiche des Angefragten. Dieses
andere Reich aber ist Frankreich, und unter dem dortigen ר׳ אליעזר
ראש הסלכות וסנהינו .... ist Elieser aus םוך = Touques, Verfasser der תיםםות םוך, verstanden, der in der zweiten Hälfte des 13.
Jahrhunderts blühte (Zunz Z. Gesch. S. 193), also ein Zeitgenosse R.
Meirs war und ihn eben in diesen Tossaphot diesbezüglich
anführt. Dies bezeugt bis zur Evidenz der Enkel des Chajim Or Sarua
(יצחק בן הרב ר׳ יצחק) in N. 69 das, mit folgenden Worten: וכן איתא
בתו׳ סהר׳ אליעזר וצ׳ל זיל וסצא רבינו יהודא ..... לסשקל םינה מאי
דתםםה ולסיתן גם לאלתר עב׳יל ... וסהיר אליעזר וצ׳ל כתב בשם האלפםי
וצ׳ל דלא קנםין לדידה םה שהביאה עםה יכ׳ב בשם סהר׳ם. R. Elieser schrieb
dies also in seinen Tossaphot im Namen R. Meirs.

Wir erfahren demnach hier nur, dass Elieser aus Touques
in der Normandie als rabbinisches Oberhaupt des dortigen Reiches galt.

Auf ihn beziehe ich das Resp. R. Meirs in Crem., N. 241. mi
folgender begrüssenden Einleitung: םרן טרייך סרן סורייך בר אבהן ובר
אורייך. דכיפי תלו ליה וסרנלויך. םרנליתיה לית ליה טיםי נטרייה בריך. רםי
דקלין זקיך וקושייך. נםיר וםביר בכל קריין ותנויך. כבל אבבת רוכל םקוםר גבור
םזויך. סדינה. בקריםטא וםרבליה. בסיתוא סצויין. אם יהיו׃ כל חכםי ישראל
בכף םאזנים וסוריי הר׳ אליעזר בכף שנייה. יכריע הסצויין. םיסך
נאםנים ונוזלים סן הסעיין. ולםה. לך לםי שיחזר םיםי׃ םי סערה םריחי םריין.
ברם סרנא םני ענויי. םתם מי ניחזן סםני הסחםן והגריין. חצבי לנהרא כבני לייא
וליאן. ואם הגם עצרה תירושה. אםדי יעך איך יתנו םריים. נם בי התאנה חרלה
סתקה סרנא די ליה כל דין נליין. כל קסחייא קסח וקםחא דקםחיה םולת סנופה
בתליםר נםין. ואני םה לםתיח ראשון והן בארק שלי׃ אני בוםח לא ידענא

Er wird bald „Oberhaupt"[1]) bald „Vater der Rabbinen"[2])
genannt. Seine Respondenten feiern ihn in ihren einleitenden
Begrüssungszeilen in einer Weise, die uns zeigt, dass sie in
ihm das wissenschaftliche Oberhaupt, die erste Autorität des
Zeitalters erblickten. So müssen z. B. bei Jakar ben Samuel
Halewi Nord und Süd und Ost und West, alle möglichen Bilder,

לתירוצי סיניא. אמנם אין בל חדש בבר היה לעולמים ידיע לכל בריין ותפתח הארץ
את פיה (Vielleicht האתן, Vgl. נפש בהסתר) ed. Cr. 12. P. 102, B. H. A. I, 160)
לפני. סלאך הש ואית לן קסן קריין, בן רבינו ברורו בסשה נור עלי
תלסידו להבין לסניו בנדון זה לא יכפרני בסעת הרין, להאריך לא נסיתי
סרוב סרודין, חוזר אני על כל צדדין וצידי צדדין, סטיבותיה דסרנא אב בית דין.

Eine solche Begrüssung, die selbst in der hierin überschwäng-
lichen jüdischen Literatur des Mittelalters ihresgleichen sucht, kann
wirklich nur an ein סניתני ראש הלכת גרichtet sein. Nicht einmal an
seinen Lehrer Isak b. Mose schreibt er in solch ehrfurchtvoll feiernder
Weise. Und ich wüsste in jener Zeit keinen zweiten R. Elieser
an den R. Meir so schreiben konnte.

Auch die zwei dort nachfolgenden Nummern 242 und 243 sind
an denselben gerichtet.

Das aus den Annales Colmarienses bei Böhmer, fontes rer. German.
p. 24. gleichfalls herangezogene: „qui a Judaeis magnus in multis
scientiis dicebatur et apud eos magnus habebatur in scientia et honore" (Wiener, Regesten, S. 13 Anm. u. bei Grätz a. a. O.) sowie das
aus derselben Quelle p. 72 bei Grätz. Gesch. VII. S. 457. Note 9, citirte:
„et ipsorum Rabbi i. e. supremum magistrum, cui schola Judaeorum et
honores divinos impendere videbantur" beweisen eher das Gegentheil,
dass er nicht deutscher Reichsrabbiner war, sonst hätte es anstatt
der langen, breitspurigen Fassung von seiner Bedeutung, kurz geheissen,
etwa „episcopus oder magister omnium magistrorum et Judaeorum
regni". (Vergl. dagegen das Actenstück Rupprechts über den Reichsrabbiner Israel bei Wiener „Regesten" S. 72 Beilage IV) Vgl. ferner:
Moysi quondam episcopo Judaeorum b. Schaab. Dipl. Gesch. d. J. S. 59.
Das „supremum magistrum" der letztcitirten Stelle will auch nur den
hebräischen Titel „Rabbi" erklären.

Endlich wäre es auch sonderbar, wenn der Franzose Jechiel Hakkohen dem deutschen Chajim Or Sarua schriebe, dass R. M. das religiöse
Oberhaupt der deutschen Juden war.

[1]) Vgl. das schon oben S. 37, Anm. 2 citirte על בן עסיר בארצות
והתיר לו לישא אחרת .... כי אתה ראש.

[2]) ושמעתי שהי הגילים בבית ר' סאיר אבי הרבנים שהי סטנים
הרנים בעיסה יניתן בשום ולא חיישינן לריחא ולא לרבר אחר (Ed. Berl.,
Handschr. Amst. I, N. 553).

ihre schönsten Blumen hergeben, um mit ihnen den Namen
des gefeierten Mannes zu schmücken[1]).

Der Gelehrte und liturgische Dichter Chajim ben Machir
spricht ihn an: „Wonne, Glanz und Macht, Führer, Richter
und Pfadfinder, Weisheitsquell, Geistesborn, Schatzgräber und
rettender Engel Israels"[2]).

Und wir sehen neben den grössten Gemeinden Deutschlands wie: Cöln, Worms, Speier, Würzburg, Mainz, Nürnberg, Regensburg, Augsburg, Bamberg, auch die entfernten
Gemeinden wie: Magdeburg, Merseburg (ריזבורק P. 342), Erfurt.
Limburg (P. 998), Stendal, Gosslar, Halberstadt und Quedlin-
burg (P. 231—232) sich an ihn wenden; auch aus Wien, Krems,
aus Frankreich, selbst aus Akko wandte man sich an ihn.
So war R. Meir für Israels Gemeinden die leuchtende Sonne,
die ihre Strahlen weit hinaussandte und das Gotteslicht der
Thora überallhin zuströmen liess. Auch seine Amtswohnung
verräth eine besonders hervorragende amtliche Stellung. Er
hatte in seinem Hause — wie er uns selbst erzählt — eine

---

[1]) ססיש סלעים ססיצץ, עזקר סרשים וסריוצץ, סתח דברי׳ ברקים ירוצץ,
בידירי אש סביצץ, זקף ורסי נוטע וסקיצץ, תנוב השבר ינצץ, סלבלב בקיל:
סצסצף וסחצץ, בין ססאאבים, בשער בת רבים. כי ידברו אייבים, סחנות
סאסף, עם בינית יאסף, ויקבץ עדרי צאן סרעית הסצויניס. ביקרה. ספנינים
ססמאילים וסימינים, שילחני, עדיני העצני׳ כבוני ויכני, ובר סערבי ותימני,
לסיל שלחי הצאוני, סאיר סזהיר, סזהיר וסצהיר, סחזזר וסבהיק, יבקע אזר לקוני:
היא סוזהיר סאיר (Crem. N. 81). Er ist gleichsam die kreisende Sonne
des Zeitalters, woher ihm das hehre Licht zuströmt.

[2]) זיו תאארתן ואנג, וסיציאן וסובאן שוסטן ורגן, ישכון בטח ושאנן, רבי׳
סאיר סען עין החכמה, וסקר הסזיסה. ססילותיו רוסה, ויגרדים תהוסה, עברו היסה.
סחסשים ססטטשיס סתרי תורה בחדרי חדרים. ססענחים צפונותיה, וגיבעי
סצסעיה. סתויסים וסטלסלים, ונבחנים ונצרפים, זכים ויסים, ונסתקים סדבש
(יגוסת צופים wahrscheinlich stand hier noch לכל שוסעיהם, ישוקו
עצסותיהם, ויעלזו בליותיהם כסוני הצעיר הבא בשיטה אחרונה כורע וסשתחווה.
לעוסת כביד סורי שיאיר עיני (Ed. Lemberg, N. 425 in der Mitte des
Schreibens. Ein anderesmal schliesst er sein Schreiben an R. Meir in
folgender Weise: וסורי כסלאך השם חכם ונבון ינחיל לאויביו סידבא
ודיבון, וירום וישכיל כלכד חשבן, וישסר וישקום עם תורתו וישיבתי, עם כל
הסרים אל ססטעתי, כסוני תולעתו (Das. N. 426). Ich habe diese zwei Bei-
spiele als besonders charakteristische herausgehoben Auf die zwei hier
durchschossenen Stellen werden wir später noch zurückkommen.

besondere Winter- und eine besondere, höhergelegene Sommer-
wohnung mit luftigem Speisesaale und ausser dem Lehr-
saale noch für jeden einzelnen seiner Schüler ein besonderes
Wohnzimmer, so dass er nicht weniger als 24 Mesusoth für
die Eingänge nöthig hatte[1]). Eine solche Rabbinerwohnung
— wie wir sie heute kaum antreffen — setzt schon eine
ganz besondere Stellung voraus, und diese nahm R. Meir
ein, wenn auch nicht officiell, so doch de facto durch seine
wissenschaftliche Ueberragung aller zeitgenössischen Rabbinen.

Von R. M.'s amtlicher Wirksamkeit für ein Gemeinde-
leben im Geiste der Religionsgesetze liefert schon das
Bisherige ein ziemlich deutliches Bild[2]). Jeder nur einiger-
massen schwierige actuelle Fall wurde ihm von Nah und
Fern mündlich oder schriftlich zur Entscheidung vorgelegt.
Die so vor ihn gebrachten Fälle umfassen Fragen ritueller,
liturgischer, civil- und strafrechtlicher Natur. Die Objecte
seiner meisten Responsen sind: Eigenthumsrecht, Handels-
und Wechselrecht, Ehe- und Erbrecht, Polizei- und Straf-
recht. Eine besondere Kategorie bilden jene, die die Gebiete
des Staats- und Gemeinderechts berühren. Diese erregen und
verdienen unser höchstes Interesse und sind auch für den

---

[1]) ‏ובבית שלנו סבורני שיש קריב לכ"ד מזוזות עשיתי בבית לבית הסדרים‎
‏ואף לבית החורף שלי ולפתח הבית ולשער החצר הפתוח לרשות הרבים‎
‏ולפתח הבית הפתוח לחצר ולעליית הסקרה שאני אוכל בכין ולכל חדר וחדר‎
‏של כל בתי ובחיו‎ (Crem. N. 108).

[2]) R. M. scheint auch öfter das Vorbeteramt ausgeübt zu haben,
wie dies in früheren Zeiten bei Rabbinen besonders an Festtagen nicht
selten vorkam.

Von seinem Vorbeten an ‏פסח‎ und ‏ראש השנה‎ erzählt uns sein
Schüler Simson b. Zadok: ‏ובשהוא מתפלל לפני התיבה ביום ראשון של פסח‎
‏לפוסק קודם שמתחילין הצבור והתפלל י"ח איסר בקול רם סדיר הש"ל לפי‎
‏שבארין ישראל איסרים מורד הש"ל כשאין אומרים סטיב הזות וסדיד הגשב‎
(Taschb. 101) ferner: ‏ובשני ימים טובים של ר"ה מתפלל קדיש ראשון‎
‏בניגון קדיש ראשון של שבת כי אמר שאין לשנ"ר קדיש של ר"ה ושל י"כ‎
‏כמו קדיש של שאר י"ט ודוקא קדיש ראשון אבל כל השאר אומר כשאר י"ש‎
(ibid. N. 119).

Auch von ‏פורים‎ erzählt er: ‏והוא סבור על סקרא מגילה ושעושה נסים‎
‏ושהחיינו וסיסנך סנ"ח והרב את ריבנו אינו (אומר) ביום של פורים אך שהוא‎
‏איסר בנחת וזן בחיך כך שהקהל עונים אסן‎ (ibid. 177).

Historiker wie für den Culturhistoriker von gleicher Wichtigkeit.

Die damalige politische Stellung der deutschen Juden als Kammerknechte der kaiserlichen Majestät, an die sie eine nach der jeweiligen Laune oder dem jeweiligen Bedürfnis des Hofes bemessene Schutzsteuer zu entrichten hatten, brachte für den Einzelnen wie für die Gemeinden neue, eigenartige Rechtsfragen von grösster Wichtigkeit mit sich. Es hatten sich häufig Conflicte zwischen Privat- und Gemeinderecht, wie zwischen Gemeinde- und Staatsrecht herausgebildet.

Es wurde z. B. der Judengemeinde eines Ortes die Zahlung einer bestimmten Summe als kaiserliche Steuer von der Hofkammer dictirt. An dieser Steuerzahlung hatten nach Massgabe der Gemeinde-Repartition sämmtliche jüdischen Ortsbewohner zu participiren. Nun waren aber wiederholt Fälle vorgekommen, dass einzelne, durch hohe Verbindungen, mannigfache Beziehungen begünstigte Mitglieder bezüglich i h r e r Steuerleistung eine separate Abmachung zu ihrem eigenen Vortheil, aber zum Nachtheil der Gemeinde, mit den kaiserlichen Behörden getroffen hatten. Mit Berufung auf ihre separate Steuerleistung verweigerten sie der Gemeinde jede Beitragsquote zu der von ihr verlangten Summe[1]. Manche hatten bei den Behörden sogar die gänzliche Steuerbefreiung für sich erwirkt und wiesen mit Berufung darauf jede Participirung an der von der Gemeinde zu zahlenden Steuer zurück[2]. Ferner hatten Manche nach der erfolgten Steuerausschreibung ihren Wohnsitz in dem betreffenden Orte aufgegeben, andere wieder umgekehrt, erst jetzt ihn dort aufgeschlagen; die ersteren hielten sich nicht m e h r, die letzteren hielten sich n o c h nicht verpflichtet, zu der der Gemeinde auferlegten Steuer beizutragen[3]. In all diesen

---

[1] S. Cr. N. 10. 222. P. 918, L. 108. Anfrage der Gemeinde Stendal. תשובת הרשב״א 841.

[2] Pr. 134, L. 358.

[3] Cr. 121. L. 134.

Fällen war R. Meir die Persönlichkeit allgemeinen, allseitigen Vertrauens, die alle Conflicte zwischen Privat- und Gemeinderecht judiciell ausgetragen hat. R. Meir spricht, gleich den ihm vorangegangenen Autoritäten, den Einzelnen durchaus das Recht ab, sich bezüglich ihrer Steuerleistung von der Gemeinde loszusagen und sich hierüber separat mit den Behörden abzufinden. Ja er spricht auch dem König das Recht ab, den Einen auf Kosten Anderer hierin zu begünstigen[1]). Ebenso verpflichtet er jene, die erst nach geschehener Steuerausschreibung den Ort verlassen, oder umgekehrt sich erst daselbst niederlassen, ihren Theil zu der der Gemeinde aufgebürdeten Steuerzahlung beizutragen.

Besonders interessant ist folgender, von einem R. Abraham ihm vorgelegte Fall. Der König hatte einen Theil seines Reiches an seinen Sohn schenkungsweise abgetreten. Nun fordern die Gemeinden der noch unter dem König stehenden Reichslande nach wie vor von den Juden der an den Sohn verschenkten Länder die auf sie entfallende Steuerquote, was aber diese mit Berufung auf ihre nunmehrige anderweitige staatliche Zugehörigkeit verweigern[2]).

Die Namen des Königs, seines Sohnes und der ihm geschenkten Länder sind nicht angegeben. Es können aber nur die von Kaiser Rudolf im Jahre 1282 an seinen Sohn Albrecht

---

1) ‏ולא אמרינן בבהיג דינא דמלכותא דינא דלאו דינא דמלכותא היא הי: בשנתפשרו נתחייב כל אחד ליתן לפי מה שיש לו ואם בא המלך להקל סעל זה ולהכביד על זה לאו כל בסיניה‏ (Pr. 134).

Vgl. noch Cr., N. 53. Hag. M. z. ‏קנין‏ ם, N. 1 u. Mardochai zu ‏בבא קמא‏ § 177. über das Aufhören jeder Solidarität zur Zahlung von Strafgeldern.

2) ‏שעתך תרסינך תודה. ואינך אלוסי סהיר אברהם. אשר שאלת סעניין הסם שהוורגלו: היהודים בכל סלבות המלך לתת סנה‏ (סם 1. ‏בשותפית וכך נהגו כמה שנים והנה נתן המלך אחרי כן קצת סלכותי לבנו מעכשיו ואני ליקח סם סן היהודים חדרים בעיירות של בני והמלך אסר אין לי בלום עם אילו כי של בניהם. עתה תובעי הקהילות סם מאיתו היהודי הדרים בעיירות של בן המלך לתת עמרם כמשפט הראשון בעודם תחת יד המלך. ועתה נראה ורצי אם נסתלק המלך מאותם לנטרי ואף הריח העולה מהם איני עילה לידי: לבד ליד הבן או ליד האפסרים של בן נעשת לי סעולה ליח דין דין ולית דיין שאין‏ ‏להבריח יושבי העיירות ההם לתת סם עם ישבי סלבותי של המלך‏ (P. N. 131.)

Vgl. Mard. l. c. § 183.

geschenkten Länder: Oesterreich, Steiermark und Krain gemeint sein[1]).

Seine Entscheidung hierüber lautet: wenn der König
sich von diesen Ländern gänzlich losgesagt und sie ausschliesslich unter die alleinige Heerschaft des Sohnes gestellt
hat, ohne auch mehr irgend einen Antheil an deren Ertrag
haben zu wollen, so sind die Juden dieser Länder frei von
jedem weiteren Beitrag zur gemeinschaftlichen Steuerleistung
der noch unter der Herrschaft des Königs stehenden Gemeinden.

Bei der gesetzlichen Beschränkung der Juden in der
Wahl ihrer Wohnsitze und Erwerbszweige kam es in vielen
Gemeinden sehr häufig vor, dass das Incolatsrecht mancher
in ihrer Mitte wohnenden Familien angefochten wurde[2]). Es
kamen auch wirklich Fälle vor, dass sich Familien in einem
Orte niederliessen, wo sie kein Incolatsrecht besassen[3]). Alle
derartigen, oft sehr verwickelten Angelegenheiten ordnete
und ebnete R. Meir.

Durch den Missbrauch, den die mit dem Münzrecht
ausgestatteten Fürsten dadurch trieben, dass sie bald den
Feingehalt, bald das Gewicht der Münzen verringerten, auch
häufig Münzen ausser Curs setzten, hatte sich in weiten
Kreisen der Unfug herausgebildet, dass mit solch geringhal-
tigen, wie mit ausser Curs gesetzten Münzen unredlicher
Handel getrieben wurde, dass man ferner die Münzen be-
schnitten und dadurch auf betrügerische Weise Staat und
Gesellschaft geschädigt hat. Gegen dieses unehrliche Treiben
richtete R. Meir seine schärfsten Pfeile[4]).

---

[1]) Ursprünglich schenkte er sie an seine beiden Söhne Albrecht
und Rudolf. Als die Stände damit nicht einverstanden waren, wurde
Rudolf mit einer Geldschenkung abgefunden, und die Länder ver-
blieben 1283 dem Albrecht.

[2]) S. z. B. die Anfrage aus Goslar, L. 213.

[3]) S. z. B. P. 359.

[4]) Vgl. Cr. 17, Pr. 917, wo Jemand טריג (Triens-Dreilinge) verkauft
haben sollte. Ferner L. 246, wo über die Münzbeschneider ausgerufen
wird: תקצין ידם על טיבורם בפריע פרעית ובסה דמים נשפכו על ידי אלה:
ובאלה פוסלי מטבעית היינו דאחרבינהו לאחינו יושבי צרפת והא י ועל זה נאסר
אין להעשיר לא יוקה ובי׳ש אלו שבבי נשבעי לעירונים בנטילת חפץ שלא לנוה.

Es war aber ein noch viel schlimmeres Uebel zur
wahren Zeitplage geworden, unter der die damalige Gesellschaft schwer zu leiden hatte. Wie immer in finsteren Zeiten
harten Druckes, blühte auch damals ganz besonders das ver-
läumderische Denunciantenthum, das da auf reichen Sünder-
lohn rechnete und auch rechnen durfte[1]). So sehr hatte dieses
schändlichste aller Laster um sich gegriffen, dass wir dabei
auch Frauen mit am fluchwürdigen Werke finden[2]).

Zur Bekämpfung dieses gemeingefährlichen Uebels ent-
wickelte R. Meir eine kraftvolle energische Wirksamkeit.

Bei den häufigen Verhaftungen zu Gelderpressungszwecken erforderte oft die Auslösung der Gefangenen (פדיון
שבויים) hohe Summen. Diese wurden von der Gemeinde
ausgelegt und sollten ihr dann von den der Freiheit Wiederge-
gebenen zurückgezahlt werden. Zuweilen jedoch verweigerten
die Enthafteten die Rückzahlung der für sie ausgelegten Summen, mit der Begründung, dass sie die Leiden der Haft leichter
ertragen hätten, als dieses schwere Geldopfer; dass sie ferner
die Aussicht hatten, auch ohne jedes Geldopfer in Freiheit
gesetzt zu werden. Es kam auch vor, dass der Verhaftete
sich im Vorhinein gegen jede Verwendung seines Vermögens
zu seiner Auslösung ausdrücklich verwahrte. Gegen ein solches
Treiben entschied R. Meir, dass die Rückzahlungspflicht des
Ausgelösten in jedem Falle ausser Frage stehe, und dass

---

1) Vgl. Cr. 47. 231, besonders 232 (Pr. 485, L. 147—248). Ein
sehr gefürchteter Denunciant hiess Alexander, von dem R. M. sagt:
הנה לשלום מר לי מר, חסרסר, ירחי נמר, ואתמרסר, וסה אומר, אחרי אשר
הפך ישראל עורף אל המוטר וטוב לרע הומר, בנני עולם שבבי בראש כל
חוצות כתא סכמר . . . . . וסה אשוב לכם רבותי על המקונה הרע הזה אין
דיני מטור בידינו בלתי לחי לבדו וטאן טליק לעולא לדעת בסה יתכמר לי
לאלכסנדרי העין הוה . . . . . נראה לי דצריך בטרה כמו רוצח טהרי ברוח
מטויה הוזיקא אטו, כרול תבוא נטטי, וילקה בחטר יתר, ויתבוה בטוטבי
בהטתר, ובכלות ובנע ונד יתר, עד יענה בטבנו בחטו ובכלכתר, כולי האי
יאולי יטתר, ובוום חרון אף ה' יטתר . . . . . ויטחיר טני בתעניות ובמטעסדית
טנה אי טנתיים ולכל טה שתטעינמה אתם רבותי יתר, דעתי להוטיף ולא
לגרוע להיות טותר, ותיטטעו רוב טלוטים ותנחתי לבניכם בתר (Cr. 214).

2) וטטאלת מה דין הגטים המטברות יט להם בעלים נהי דמנעתן רעה
. . . . . טטותי מטטתינו לד (P. 599.)

man wohl berechtigt, ja **verpflichtet** sei, im Bedarfsfalle das Vermögen der Gefangenen **selbst gegen ihren Willen** für ihre Auslösung zu verwenden. Dies verlange das allgemeine Interesse. Es könnte sonst jeder unter solchem Vorwande die Rückerstattung der Auslösungskosten verweigern, wodurch das ganze Auslösungswerk eingestellt werden müsste, was eine Gefahr für die Gesammtheit wie für den Einzelnen wäre[1]).

Gegen ein unverträgliches, den Gatten böswillig verlassendes Weib sahen wir ihn schon oben, in der letzten Zeit seiner amtlichen Wirksamkeit ein Rundschreiben an R. Jedidja und die drei führenden Gemeinden: Speier, Worms, Mainz erlassen, wonach ein solches Weib fernerhin auch ihr Zugebrachtes **nicht** erhalten, sondern zur Strafe ganz leer ausgehen soll. Auf der anderen Seite sehen wir ihn aber wieder, gleich seinen Vorgängern, für die Rechte und Würde der Frauen mit Eifer eintreten, und er findet nicht Worte genug, um das schimpfliche Behandeln der Gattin aufs schärfste zu verdammen. Besonders über jene rohen, ehrlosen Ehemänner, die sich so weit vergessen, **in unjüdischer Weise**, die Ehefrau zu schlagen, giesst er die ganze Schale seines edlen Zornes aus und will die strengsten Strafen über sie verhängt sehen, da nach dem Talmud der Mann verpflichtet ist, die Würde seiner Frau noch mehr zu wahren als seine eigene; wie dies auch aus dem rituellen Ehevertrag hervorgehe[2]).

עַל רְאוּבֵן וְשִׁמְעוֹן שֶׁנִתְּפְּסוּ . . . . וְהוֹצִיא רְאוּבֵן יְצִאַת בִּשְׁלִיחוּת אֵצֶל (1
אֵמוּ לְהוֹצִיאָם מִבֵּית הַשֶּׁבִי וְעָתָה תִיבַע רְאוּבֵן אֶת שִׁמְעוֹן שִׁיתֵן חֶלְקוֹ מִן הִיצָאָה.
וְאָמַר כִּי עַל פִּיו הוֹצִיא לְבַקֶשְׁתִּי וְשִׁמְעוֹן כִּיפֵר . . . . כְּבָר נִשְׁאַלְתִּי עַל דִין זֶה
מַיְיְדְבּוּרְק.

וְעוֹד נִשְׁאַלְתִּי עַל מֶלַמֵד שֶׁהָיָה לוֹ עֵקְדִין בְּיַד בַּעַל בֵּיתוֹ וְנַתְפַּס בְּעָלִילוֹת
רֵיקוֹת וְצִיּוָה לְבַעַל בֵּיתוֹ שֶׁלֹּא לְסָדוּתוֹ וְכָתַבְתִּי שֶׁפְּדִיָה אוֹתוֹ בַעַל בֵּרְחוֹ . . . . .
וּשְׁעָמָא רַבָּה אִיכָּא שֶׁאִם לֹא הֵינוּ בֵּייָן בָּל אֶחָד הָיָה אוֹמֵר אֵינִי צָרִיךְ וְהָיָה מַחֲשֵׁב
חֲבֵירוֹ יַעֲשָׂה חַיִן סַמְּנִי וְסַתַּיַ כָּךְ יְדַחֶה דְּבַר וִיבָא לִידֵי סַכָּנָה . . . . . . וְאִין
לוֹמַר שֶׁמָּא הַשַּׁבָּאִין מוֹצִיאִין אוֹתוֹ לְבַסּוֹף בְּחִנָם דְּלָא תְּלִינָן בְּסָפֵק נַפְשַׁת אֶלָּא
סְדִין אוֹתוֹ בַעַל בֵּרְחוֹ. (Pr. N. 39.) Vgl. Cr. NN. 32—34 an Chajim Paltiel.

אִם בֵּן אִיסוּרָא . . . . שֶׁהַבַּעַל רַגִיל לְהַבִּית אֵת אִשְׁתִּי . . . . וּמַה אַחֵר (2
שֶׁאֵינוֹ מְצֻוֶּה עָלָיו לְכַבְּדוֹ מְצֻוֶּה עַל הֲבָאתוֹ אִשְׁתוֹ שֶׁהוּא מְצֻוֶּה עָלֶיהָ לְכַבְּדָה

In einem Falle hatte der Mann, der im Rufe eines
Verschwenders stand, sich vor der Verehelichung schriftlich
verpflichtet, bei seinem Schwiegervater 60 Mark zu hinter-
legen als Bürgschaft dafür, dass er von nun an ein solides
Leben führen werde. Nach einer Zeit wollte der Gatte nicht
mehr die 60 Mark beim Schwiegervater lassen; hierauf ging
die Frau weg von ihm zu ihrem Vater und wollte nicht zum
Gatten zurück vor der Wiedergabe der 60 Mark. Der Fall
kam vor R. Meir, der zu Gunsten der Frau entschied, dass
diese Summe so lange bei ihrem Vater zu erliegen habe, bis
die Sicherheit gegeben ist, dass der Gatte mit seiner früheren
Lebensweise vollständig gebrochen habe[1]). So strebte R. M.
in seiner amtlichen Wirksamkeit ein sittliches Familienleben
der beiden Ehegatten an. Diesem Streben entspringt der
Ausspruch: „Verdammnis treffe jenes Weib, das einen Gatten
hat und sich nicht schmückt, und Verdammnis treffe jenes
Weib, das keinen Gatten hat und sich schmückt", der für
so wichtig gehalten wurde, dass man ihn unter die Responsen
als separate Nummer eingereiht hat[2]).

Bezüglich der 100 Litra, die der Mann der Frau in
der Kethuba als Gegengabe ihrer Mitgift verschrieb, bestan-
den in den verschiedenen Gemeinden verschiedene Normen.
In Würzburg z. B. wollte man unter der Litra das Gewichtspfund
= 2 Mark verstehen, so dass die Gegengabe 200 Mark zu

איני דין שיהא מצווה שלא להכותה ואדרבה חייב לכבדה יתר מגופו . . . .
ועד סמצר בתיבתה נלמוד . . . ואנא אטלח ואקיר לכבוד ניתנה ולא לבזיון ואין
זה דרך בני עסיו להכות נשותיהן כמנהג איה חלילה לכל בני ברית טעשות
כדבר הזה. (Crem. N. 291) und in ed. Prag N. 81 fügt er hinzu:
והעישה יש להחרים: ולנדותי ולהלקותי ולעגשי בכל מיני רידוי ואף לקזין ידי
אם רגיל בכך בכך כי הא דרב הנא קץ ידא אפי בבבל אף על גב דאין דנין דיני
קנמות בבבל ב״ד טבין ועונשין שלא יקילו ראשם בכך.
Vgl. über denselben Gegenstand das Resp. Simcha's aus Speier in
ed. Pr. 927, endlich Berl., H. Halberst., N. 780.
1) Crem., N. 304.
2) תבא מאירה לאשה שיש לה בעל ואינה מתקשטת ותבא מאירה לאשה
שאין לה בעל ומתקשטת (Pr. 199) Eine Unterschrift ist nicht beigegeben,
und es könnte auch Simson b. Abraham, dessen Responsum darauf folgt,
den Ausspruch tradirt haben, den R. M. zur Würdigung weiter empfahl-

betragen hatte; wo hingegen man in Worms nur das Zahl-pfund = 1 Mark darunter verstand, so dass die Gegengabe nur 100 Mark betrug. R. Meir erklärte sich für das **Zahl-pfund**, weil in der Kethuba kein Gewicht erwähnt ist. Man hätte auch nur solche Mark zu fordern, wie sie in dem Orte, wo die Ehe geschlossen wurde, als Zahlmünze gangbar sind, so z. B. in Worms die dort gangbare geringwerthigere Häller, Heller — Mark[1]).

Eine kühne Anordnung traf er in Folgendem. Nach der alten mischnaitischen Satzung darf eine Frau, deren Gatte in einem Wasser versank, dessen Ufer ausserhalb des Ge-sichtskreises liegen, keine zweite Ehe eingehen. Die Gemara fügt dann, nach dort angeführten vorgekommenen Fällen, als weitere Norm hinzu: „Wenn eine solche Frau aber dennoch eine zweite Ehe eingegangen ist, so kann sie in dieser ver-bleiben." (B. Jebamoth 121ᵇ). Gegen solcherweise zustande-gekommene zweite Ehen, die vorsätzlich unter Berufung auf die Gemara geschlossen wurden, eiferte R. Meir mit Recht. Wol, so sagt er, gestatteten diese geschlossenen Ehen alle zeitgenössischen Grössen Deutschlands und Frankreichs und er selbst, wenn auch schweren Herzens, mit ihnen. Seither habe er aber die unerschütterliche Ueberzeugung von der Unstatthaftigkeit dieser amtlichen Uebung gewonnen. Denn lässt man diese Ehen ganz unangefochten weiter fort-bestehen, so werde dadurch das ganze mischnaitische Verbot nur zum allgemeinen Hohne illusorisch gemacht. Und dies

---

[1]) על אשר שׁשאלת כמה היא מאה היא ליטרא שׁכותבין בכתובה אודיע לך
שבווירצבורק נותנין (נתבין .1.) לגבית מאתים וזקים שהילכו מדינה... שמערשׁין
ליטרא היא משקל ליטרא דהיינו ב׳ וזקוקי ולא נהירא דאיב נהירא היה לו לכתיב מתקל
מאה ליטרא דכסף ובן ראיתי מעם אחת שׁצוה מי קרובי הרי יהודא כהן זצ׳ל לכתיב
מתקל לאחת מקרובותיו.... . . ורבי שׁמחה זצ׳ל הגהיג כן זקוקים כי רוצה היה
לפרש כי ליטרא של מעות כבידים שקורין ליברייגש שׁליטרא שׁדם היא וזקיק
אנס שׁמעתי שׁבוויריומש אין נותגין ליתן רק קי ליטרא הלייש זוה נראה לי יותר
סן הבל הגיתן לי׳ מטבע שׁבעיר. (Cr. 95, Vgl. das. 127 P. 284 L. 182.) Das Resp. ist wahrscheinlich nach seiner Würzburger Amtszeit abgefasst, denn er kennt den diesbezüglichen Würzburger Brauch genau, während er über Worms nur vom Hörensagen unterrichtet ist.

könne doch nicht der Sinn und Zweck der Worte der Gemara
sein. Man soll daher in solchen Fällen nur dann die zweite
Ehe fortbestehen lassen, wenn sie erst nach eingeholter Erlaubnis der competenten religiösen Behörde geschlossen wurde.
Wo dies aber nicht geschehen ist, da sei die Ehe zu trennen,
und die Eheleute sollen in Acht erklärt werden, damit sie
dadurch zur Trennung ihrer Ehe schreiten[1]).

Interessant für die Entwicklungsgeschichte und Ausübung der Advocatur unter den Juden ist Nachfolgendes. R.
Meir wurde angefragt, ob auch einem Mündigen gestattet sei,
sich einen Advocaten als Rechtsbeistand zu nehmen, der für
ihn seine Sache vor Gericht führen soll. Hierüber lautet
sein Gutachten: es konnte nur dem Hohepriester gestattet
werden, einen Advocaten mit der Führung seiner Sache zu
betrauen, weil es sich mit seiner hohen Würde nicht ver-
trug, vor der Gerichtsbehörde persönlich zu erscheinen; sonst
aber sei jede Vertretung vor Gericht ungerechtfertigt. Keinesfalls jedoch kann die Vertretung in jenen Rechtsfällen gestattet werden, deren Gegenstand die Ausübung einer religiösen Pflicht an Anderen bildet, wie z. B. die Pflicht des
Schwagers zur Leviratsehe oder zur Chaliza. Auf die weitere
Anfrage, ob der bevollmächtigte Rechtsbeistand auch mit

---

[1]) סוגיא דרובא דעלמא כך היא דאם עברה על דברי חכמים ונשאת אפילו
בסויד לא תצא . . . . . וניל כי סוען כל האוסר בן דאם בן סה היעילו חכמים
בתקנתן דאסרי אשתי אסורה. כיון דאם נשאת אפילו בסויד וכעברייגית לא תצא
ואפילו שסותי לא משמתינן לא לדידיה ולא לדידה אם בן ודאי אנן סהדי שכל
אחת ואחת שתדע זאת ההלכה . . . שהיא תעבור ותנשא . . . . יעוד דאם בן
סטיינן לגזיר' דרבנן כי חובא ואטלילא שגניח לכל אחת לסדין גזורתן של חכמים
ולא אמרינן להי ולא סידי וסעשה ראיתי בימי באחת מגדולי המלכות . . . .
ואסרו בה כל כל גדולי הדור אם נשאת לא תצא ורב נדיל סצרסת היה באותה שעה
בסלכותינו והתירה ואסר שבך ראה סעשה בצרסת והתירוה כל גדולי צרסת שלא
תצא וגם אני הסכמתי או אחריו אף על פי שהיה לבי סהסם שוב נתתי לב
שכלל כלל לא יתבן זה . . . . וסעתה רבדי חכסים סקוייסים דאם ניסת
בלא התרת חכם סורה הוראות כי רב נחסן זרב שילא בדורם תצא או ססמתינן
להי ויוציא (Cr. 194, vgl. Pr. 612, 971 u. Taschb. 467).

Nach den beiden letztgenannten Quellen soll selbst der diese
Eheschliessung erlaubende Rabbiner in Acht erklärt werden. סבא שיש
לנדות החכם שהתיר לה לינשא לאשה. שטבע בעלה בסים שאין להם סוף.

falschen Argumenten, von deren Unwahrheit er selbst über-
zeugt ist, operiren dürfe, um auf dem Wege der List den
Sieg für seine Partei vor Gericht zu erfechten, erklärt er
entrüstet: „Kein Israelite darf sich einer solch schmählichen
Sünde gegen Recht und Wahrheit schuldig machen."[1]

————

Unter dem Drucke der ungeheuern Steuerlast hatten
nicht nur die Reichen, sondern auch die Armen schwer zu
leiden. Durch die grossen Geldsummen, die in die Hofkammer
flossen, musste naturgemäss der Zufluss in die jüdischen
Armencassen schwächer werden. Dies traf die Gemeinden um
so empfindlicher, als durch die ewigen Beraubungen und
Plünderungen die Armuth in immer weitere Kreise gedrun-
gen war, so dass die vorhandenen Mittel zur Linderung der
Noth erschöpft zu werden drohten. In dieser Nothlage entschloss man sich in vielen Gemeinden, die vorhandenen öffent-
lichen Wohlthätigkeitsgelder gegen Zinsen zu verleihen, um
auf diesem Wege die geschwächten Armencassen zu kräftigen.
Isak Or Sarua gestattete dies[2]. R. Meir aber eifert gegen
jede Art von Zinsnahme auf verliehene Armengelder mit der
ganzen Macht seiner Autorität. Ein solches Gebahren sei
durchaus zu verurtheilen. Es heisse dies, die Ausübung einer
religiösen Pflicht ermöglichen wollen, durch das Begehen einer
sündhaften Handlung (מצוה הבאה בעבירה).[3] Er selbst ver-

————

[1] שאל אדוני אם מניחין גדול לקח לו אנסלר לטעין עבירו כתבת דמיתר
לסנית אנסלר . . . ואני צויתי להעתיק לך סעבד הלו סה שכתבתי על זה...
ושאני התם דסשום כבידו דבהן גדול דיקא דלא ליתזיל וניזיל לקסי דיינא
דוויסר סיניה הזה לן לסישרי לסנייה אנסלר בסקיסו אבל בעלמא לא סיהו בהא
כל אסייא שוין דודאי לא שבקינן ליה לסנייה אנסלר בשבילי בסקום איסורא
סהיא תיבעתו לקיים סצות עשה או חליין אי ייבס וקורא אני על החסן להתסנית
אנסלר בשבילו אשר לא סוב עשה בעסי שנתסנה לו אנסלר . . . .
ושסאלת אם האנסלר יכול לסעין כל סה שיביל לסעין ולהערים אסילו דבר שיודע
בסוב שאינו לא כי וחלילה לו סעשית בן להיות חיסא ולא לו ואסילו בשל עצסו
(Cr. 246). איני רסאי לסקר שארית ישראל לא יעסו עילה ולא ידברו כזב

[2] סעת של צדקה אסיר להלוות בריבית . . . . וסטעתי סהיר יצחק
(Schreiben des סיינא הי סתיר זהי דוחה ראי זאת ולא סטעתי האיך דחה.
Chajim b. Machir an R. M., L. 425.) Vgl. das Resp. des Isak Or Sarua
in L. 478: ולי אני הסחבר נראה דסיתר.

[3] Cr. 101, 109, Pr. 73, L. 234, 478.

leihe als Armenvater nie die bei ihm aufbewahrten Wohlthätigkeitsgelder gegen Zinsen[1]). Er klagt darüber in ver-
traulicher Weise einem Verwandten, dass er seine
Stimme seit Jahren gegen diesen Vorgang vergeblich erhebe,
indem die Gabbaim dieses sündhafte Treiben ungeschwächt
fortsetzen. Die Gemeinden halten es aus alter Gewohnheit
für statthaft; und es sei besser, man lasse sie weiter in diesem Irrthum, als dass sie fürderhin wissentlich sündigen.
Wie Schweigen Sünde ist dort, wo Ermahnungen Gehör
finden, so ist Reden Sünde dort, wo Ermahnungen kein Gehör finden[2]).

In vielen Gemeinden war es Brauch, dass das Kind
während der Beschneidung in der Männersynagoge von einer
Frau auf ihren Knien gehalten wurde. Vielleicht sollte in ihr
die Mutter des Kindes vertreten sein, oder traute man der
Frau mehr Sicherheit und Geschicklichkeit beim Halten des
Kindes zu als dem Manne. Diese Sitte, die R. M. mit Recht
„Unsitte" nennt, tadelt er auf das heftigste. Selbst wenn der
Gatte, Vater oder Sohn dieser Frau der Beschneider des
Kindes ist, so sei es doch aufs schärfste zu rügen, dass
überhaupt „eine geschmückte Frau" unter die Männer in's
Gotteshaus gehe. Schon viele Jahre, so klagt er zum Respon-
denten, erhebe er laut seine Stimme dagegen, aber Niemand
beachtet sie. Wer aber die Macht dazu hat, der möge diesen
hässlichen Brauch abstellen und er wird dafür Gottes Segen
empfangen. Jeder, dem das Gotteswort heilig ist, soll da die
Synagoge verlassen, um nicht durch seine Anwesenheit zum
Fortbestehen dieses Brauches mitbeizutragen[3]).

---

[1]) (L. 234). ובעצמי יש לי [סעות] צדקה ואיני מלוה אותם בריבית

[2]) Pr. 73. L. 478. Vgl. oben S. 20, Anm. 1.

[3]) איני נראה לי בלל מנהג בשר שנוהגין ברוב סקוסות שהאשה יושבת
בבית הכנסת עם האנשים וסלין התינוק בחיקה ואפילי אם בעלי מיהל או אביה
או בנה דלאו אירחא ליבנם אשה סקושטת בין האנשים ובפני השבינה ......
לסה לי בולי האי שיסולי לתוך חיקה ולחשוף ולחשוף מאנשים המצוה וסי שיש בידו
לסחית יחחה והמחסיר (והסוחה: (wofür ich lesen möchte תבא עליו ברבה
.... באשר כתב סורינו צעקתי יסים רבים ולית דמשנה כי נראה סביער מאד
..... ונראה. דסצוה הבאה בעבירה היא כדכתיב הנה שמוע מזבח טוב וכל

Durch die zeitliche Verheirathung der Kinder aus Sitt-
lichkeitsgründen einerseits, wie durch die sturmbewegten
Zeiten, die unausgesetzt über die Juden dahingingen, anderseits, konnten unter ihnen wenig Ehen von selbst zu Stande
kommen. Es hat sich daher das Institut der Ehevermittlung
frühzeitig bei den Juden eingebürgert, wofür nicht selten hohe
Preise verlangt und oft auch, gern oder ungern, bewilligt
wurden. Nach geschlossener Ehe erschienen aber diese Preise
Manchen denn doch zu hoch, so dass sie ihre volle Zahlung
verweigerten. In solchen Fällen sprach Simcha aus Speier
dem Vermittler das Recht auf den vollen geforderten Preis
zu[1]). R. Meir hingegen verordnete diesbezüglich folgendes:
Derjenige, bei dem die Ehevermittlung nicht sein Berufs-
geschäft ist, der hat gegebenen Falles nur für die gehabte
Mühe und Zeitversäumnis den allgemein üblichen Lohn zu
verlangen. So hatte man einmal einem s o l c h e n Vermittler
2 Mark versprochen, und R. M. sprach ihm rechtlich nur den
für die gehabte Mühe üblichen Lohn zu[2]). Jedoch können
p r o f e s s i o n e l l e Ehevermittler die Zahlung des bedunge-
nen Preises gerichtlich fordern[3]). An d i e s e hat die Zahlung
der geforderten Summe zu erfolgen, wenn auch die Partei
in Abrede stellt, für die Vermittlung überhaupt etwas versprochen zu haben; es sei denn, sie bekräftigt dies durch

---

איש הירא דבר ה׳ יש לו לצאת מבית הכנסת פן יראה כמסייע ידי עוברי עבירה.
(Taschb. 397) Vgl. in den Prager handschriftlichen Responsen, N. 407.

1) Pr. 498 und 706.

2) Cr. 123, Pr. 498, 952 u. L. 308.

3) Cr. u. L. a. o. a. O. In Pr. 952 schwankt seine Entscheidung
auch bezüglich der Professionsvermittler ראיתי בידי . . . . לכן טוב שיעשו
ומורי: Interessant ist das dort angehängte: בקנין סודר מה שנודרים להם.
ידע התשובה הכתובה ברמו תש״ו תצ״ש (richtig תצ״ח) ולא רצה לחזור מפני
בני ארפורט. Dadurch erfahren wir, dass der in Resp. 706 behandelte
Fall, wo es heisst: שבאו לדין ודנו הדייני׳ לפשרה בלא שבועה: sich in Erfurt zugetragen hat. Das dort vorkommende ושאלו לרב ז״ל bezieht sich
nicht auf R. M., sondern auf einen Dritten, dessen Name ausgefallen
ist. Darauf und auf das nachfolgende ושאלי כמו כן לרבינו שמחה bezieht
sich dann das ומורי הר׳ שמואל מבנבנערק הביא גם לדרתם וכתב.

einen ihr aufzutragenden Eid[1]). In jedem Falle aber steht
dem Vermittler nur das Recht zu, von einer Seite, dem
Manne oder der Frau, Zahlung zu fordern, selbst wenn er
-- wie dies einmal im Orte R. M.'s vorkam — behauptet,
dass ihm beide Theile, Mann und Frau, Zahlung versprochen
hätten[2]).

Hat der Vater für die Mitgift der Tochter milde Gaben
eingesammelt, so haben die Gläubiger kein Recht, sich von
diesem Gelde bezahlt zu machen, und auch der Vater hat
kein Recht, es ihnen zu geben, denn zu diesem Zwecke gab
man es ihm nicht[3]).

Der Satz: „Wissenschaft ist Macht" bildete im 13. Jahrhundert schon länger als ein Jahrtausend den Wahlspruch
des Judenthums[4]). Man hatte sich nicht vergeblich durch die
lange Flucht der Jahrhunderte täglich früh und abend durch
Wort und Handlung eingeschärft und beim jedesmaligen
Betreten und Verlassen des Hauses in Erinnerung gebracht
das Bibelwort: „Schärfe sie ein deinen Kindern". Mit dieser
Macht wollte man die Kinder für den Lebenskampf ausrüsten,
wie man wieder mit richtigem pädagogischem Verständnis
die Macht und Zukunft des Judenthums in der Bildung und
richtigen Erziehung der Jugend erblickte[5]). Und so wurde
in der Zeit der grössten Drangsale an den Unterricht der

---

[1]) Pr. 499. Höchst merkwürdig klingt die Mittheilung daselbst:
Wenn ein Armer an einen Reichen herantrat mit der Behauptung,
dieser habe ihm eine bestimmte Geldsumme versprochen, so liess R.
M. dem Reichen den Eid auftragen. זמירו זיל [צפן] דאם עני תיבע עשיר Voran geht
נדרת לי כך וכך העשיר נשבע ונראה דחילק על רבינו שמחה.
dort die Entscheidung des R. Simcha. dass die Partei auch ohne Eides-
ablegung von jeder Zahlung freizusprechen sei, wenn sie behauptet,
dem Vermittler gar keinen Auftrag gegeben zu haben.

[2]) וכבר מעשה בא לידי בשדכן אחד שנשתלח לכאן לדבר באשה אחת
ונדר לי הבעל כך וכך ססין ובאשר בא לכאן יסר הוויג וחבע גם האשה ואסי
גם את נדרת לי כך וכך כשבאתי אליך והשיבה לא נדרתי לך ושטרתיה בלא
שבועה. (L. a. a. O.)

[3]) Pr. 291.

[4]) S. Talmud Sebachim 116 a.

[5]) Talm. B., Sabbath 119 b.

Jugend nicht vergessen und ihre Erziehung nicht vernachlässigt.
Dem Kinde einen Lehrer halten galt als erste Pflicht des Vaters.
Das Prophetenwort: „Sie (die Worte der Lehre) sollen nicht
weichen aus deinem Munde und aus dem Munde deiner Kinder
und Kindeskinder, spricht Gott, bis in Ewigkeit" galt den Juden
als heiliges Vermächtnis, das sie treu und hoch hielten unter
allen Verhältnissen, so dass der ärmste der Väter seinem
Kinde, entweder allein oder in Gemeinschaft mit Anderen,
einen Lehrer hielt. Der Lehrer wurde geschätzt als derjenige,
der den ersten Keim zur geistigen Thätigkeit des Kindes
legt und dem kindlichen Geiste den ersten Funken entlockt,
der später dem Manne zur führenden Lichtsäule durchs Leben
werden soll. Seine Anstellung erfolgte gewöhnlich auf die
Dauer eines halben[1]) oder ganzen[2]) Jahres. Sein Jahresgehalt
erreichte in der Regel die Höhe von 50 Gulden[3]).

Durch die Noth der Zeit jedoch, wo das Geld den
Juden doppelt unentbehrlich war, gab es bei der Zahlung
oft Differenzen zwischen dem Vater und dem Lehrer. War
der Unterricht durch Erkrankung[4]) des Lehrers oder des
Kindes[5]) oder durch Verreisen des letzteren eine längere Zeit
ausgesetzt worden, so verweigerte oft der Vater für diese
Zeit die Zahlung. Beim Todesfalle des Kindes wollte der
Vater nur für die bis dahin abgelaufene Dienstzeit, aber nicht
für die ganze Anstellungszeit dem Lehrer zahlen[6]). In allen
diesen Fällen entschied R. M. zu Gunsten des Lehrers. Beim
Tode des Kindes räumt er jedoch dem Vater das Recht ein,

---

[1] P. 385, L. 154.

[2] Cr. 125, P. 833.

[3] P. 749. Oft wurde der Lehrer nicht auf Zeit angestellt, sondern man accordirte mit ihm den Lohn für die Beibringung der Kenntnis
eines bestimmten Buches oder Tractates. (P. 477).

[4] Cr. 2, P. 85, 385, L. 154. Chiskija aus Magdeburg u. Chajim
Paltiel befreien den Vater von der Zahlung für die Krankheitszeit des
Lehrers (L. 157).

[5] Cr. a. a. O. u. 191, P. 138. L. mit Berufung auf seinen Lehrer
Samuel a. Falaise. Durch Verreisen des Kindes S. 833.

[6] P. 434, L. 470.

den Lehrer zum Unterricht eines anderen, aber **g l e i c h b e -
f ä h i g t en** Kinder zu verhalten[1]).

Der Lehrer ist verpflichtet, die übernommene Stelle an-
zutreten und bis zum Ablauf der vereinbarten Zeit zu be-
halten. Kdmmt er dieser Vertragspflicht nicht nach, so berechtigt dies den Vater, auf Kosten des ersteren einen anderen
Lehrer anzustellen. Selbst wo der Vater ihm mündlich ge-
kündigt und der Lehrer es angenommen hat, der erstere aber
seine Kündigung wieder zurücknimmt, spricht R. M. dem
Lehrer das Recht ab, das Dienstverhältnis hiedurch als gelöst zu betrachten[2]). Behauptet der Vater, dass der Lehrer
nicht das nöthige Wissen hatte, um seinen Sohn mit Erfolg
unterrichten zu können und will ihm daraufhin den Lohn
für die schon abgelaufene Unterrichtszeit vorenthalten, so
verlangt R. M. vom Vater Zeugen für seine Behauptung[3]).

In einem Falle war der Lehrer angestellt worden unter
der Bedingung, dass er keinen Anspruch auf Zahlung habe,
wenn er beim Würfelspiel ertappt werden sollte. Da nun der
Lehrer spielte, wollte ihm der Vater daraufhin Nichts zahlen.
R. M. aber verpflichtete den Vater zur Zahlung für die abgelaufene Unterrichtszeit, weil die vorgebrachte Anstellungs-
bedingung nur eine androhende Redensart (אסכבתא) war, und
nicht ernst zu nehmen ist[4]).

Man hielt dem Sohne auch noch nach seiner Verheirathung, selbst bis zu seinem 30. Lebensjahre[5]), einen Lehrer.

Der Vater hat das Recht, dem Lehrer das viele Schreiben in der Nacht für sich wie für Andere zu verbieten, weil

---

1) S. u. L. a. d. l. a. O.

2) Cr. 125, P. 77, L. 205 u. 470. S. auch Prager handschriftl
Respp., N. 325.

3) Cr. 3, vgl. S. 488. Vgl. auch Ed. Berl., H. Prag, N. 55, wenn
der Vater behauptet, der Lehrer habe seinen Sohn nicht ordentlich
unterrichtet und sei wochenlange müssig gewesen.

4) Cr. 310.

5) Vgl. oben S. 28, Anm. 2: והבחור בא אצלו לאחר הקדושין והשכיר
לו סלסד וישב עסו יסים רבים . . . . . וישלחהו בכבוד אל ארצו עם סלסד שלי:
S. ferner P. 245, wo die verwitwete Mutter zum Sohne sagt: אם אסילי
ציוה הוצאתי עליך סרובה וגידלתיך כי לסדתיך עד לי סניס

er dann nicht fähig wäre, bei Tage zu unterrichten. Aus
demselben Grunde ist es dem Lehrer nicht erlaubt frei-
willig zu fasten[1]).

In den meisten Gemeinden war der Lehrer befreit von
jedem Beitrag zu den gemeinschaftlichen Steuerabgaben[2]).

In einem erst jetzt bekannt gewordenen Resp. R. M.'s
lesen wir die hochinteressante Mittheilung, dass es damals
jüdische Fechtmeister gab, bei welchen auch wieder
Juden im Fechten Unterricht nahmen. R. Meir stellt die
Fechtmeister rechtlich den anderen Lehrern gleich, weil im
Falle der Nothwehr durch geschicktes Fechten manches Leben
gerettet werden kann[3]).

_____

R. M. ist auch für die möglichst religiöse Gleichstellung
der Frauen. Er gestattet den Frauen zu schlachten und bemerkt über Jene, die in einer Quelle gefunden haben wollten,
dass Frauen nicht schlachten dürfen, sie hätten sich umsonst
über diesen angeblichen Fund gefreut[4]).

Sind in einer Gemeinde lauter כהנים und kein ישראל,
so soll man nach dem כהן Frauen zur Thora anrufen[5]).
Sind auch diese nicht, noch עברים וקטנים in der Gemeinde,
so soll überhaupt die Thora-Vorlesung unterbleiben[6]). Hin-

_____

1) P. 667.

2) P. 716.

3) וישאלת על ראובן ששכר את שמעון ללמדו אומנות בעלי תריסין
וכשלמד יום א' חזר בו נתן לו כל שכרו כפועל בטל דל"ש אומנית דמעולה
משאר אומנות וכמה פעמים שאומנות זו יש בה הצלת נפשות כשבאים לסטים
על האדם. (Ed. Berl., Handschr. Pr., N. 335.)

4) ועל שחיטת נשים אם יכולות כבר ססט' בוזחי' שהשחיטה כשירה
בנשים ואפילו לכתחלה . . וסה שסביאין סהילכות א"י הרוצים לחדש והשסחים
אברהם בר דוד (Pr. 193. Das Resp. ist unterschrieben; ללא דבר בתבוהו.
אב ב"ד, doch machte R. M. diese Entscheidung zu seiner.) Vgl. hierüber
Tossaphot zu Chulin 2 a mit derselben Beweisführung. S. ferner Ascheri
z. St.: ואותי חכם שבתב הלכות ארץ ישראל כתב חיסרות סדעתו Bekanntlich
ist dieser חכם identisch mit zweideutigen nebelhaften אלדד הדני.

5) ועיר שכולה כהנים ואין בה ישראל אחד ניל דכהן קורא פעסים ושוב
יקראו נשים דהבל משליסין לסניין ד' אפילו עבד ושפחה וקטן. Er beruft sich hiebei
auf Simcha aus Speier. (P. 108). Vgl. Hag. Maim. zu הי' תפלה, Cap. 12.

6) יעיר שכולה כהנים ואין בה נשים עברים קטנים וישראל לא יקראי
בתורה. (Das. zum Schluss.)

gegen gestattet er nicht, die Frauen zu כזוכן mitzuzählen und
erklärt sich hierin gegen **Juda Cohen**[1]).

Die Abhaltung der üblichen drei Mahlzeiten am Sabbath
macht er auch den Frauen zur religiösen Pflicht[2]).

Die Auswanderung nach Palästina stellt R. M. als hohes
religiöses Verdienst hin, wofür man unendlichen himmlischen
Lohn zu erwarten habe. Doch soll nur derjenige dahin gehen,
der die feste Absicht hat, dort ein gottgeweihtes, heiliges
Leben zu führen, sonst verunreinigt er den heiligen Boden
und hat keinen Segen, sondern um so härtere Strafe zu erwarten. Darum haben auch die nichtjüdischen Bewohner dort
kein Glück. Ferner muss er die sichere Aussicht haben, sich dort
selbst gut ernähren zu können, damit er sich nicht schwere
Nahrungssorgen auflade, durch die er das Thorastudium ganz
vernachlässigen müsste; deshalb gingen zahlreiche Amoräer
nicht hin[3]). Von sonstigen religiösen Anschauungen und
Uebungen R. M.'s soll noch die Rede sein.

---

[1] הרי יודא כהן אמר דיבולה אשה לצרף בני בברכת המזון והביא ראיי׳
סקיו דירקית . . . . . והשיב לו סהרדים דהה לאיכל ירק שבן בא לידי חייב
דאורייתא . . . תאמר באשה שאינה יכולה לבא לידי חיוב דאורייתא לעילם
ועוד סה לאיכל ירק שבן שלשה שאבלו מצטרסין לעשרה תאמר בזאת שמאה
נסים באיש אחד דמין (Das. 227).

[2] P. 642.

[3] ושׁשׁאלת עיקר מצוה ללכת לארץ ישראל איני יודע אלא כמו שמפורש
. . . . . ובלבד שיהא פריש סבא והלאה ויזהר מכל סיני עין ויקיים כל מצית
הנוהגת בה שאם יחטא בם יענש יותר על העבירות שיחטא שם מבחוצה לארץ
. . . . . ואינו דומה הסורד במלכות בסלטין לסורד חוץ לפלטין . . . . . דאסילי׳
. . . . אומת העולם שבה אינם מצליחים מחמת שהם עוברי עבירה
אתם שהולכים לשם ורוצים לנהוג בה קלות ראש ובמחוזות להתקוטט שב
קורא אני עליהם יתבאו ותטמאו את ארצי . . . . . אבל מי שהולך לשם לשם
שמים להתנהג בקדושה ובטהרה אין קץ לשכרו ובלבד שיוכל להתפרנם שם
. . . . . ושׁשׁאלת לסה לא הלכו שם כל האמוראים אשיבך דלא הוה סותי להי
דהוו צריכים לבטל סלימודם ולשים אחר מזונתם (Taschb. 559—562.)

Auf die Anfrage, ob der heilige Boden Palästinas von den
Grabesleiden (חיבוט הקבר) befreie, antwortet er kurz, darüber selbst
Nichts zu wissen (לא ידעתי) Das. 560.

Ueber Auswanderungen nach Palästina siehe Pr. 203 u 611.

IV. Capitel.

Auswanderung und Verhaftung.

So ruhig und glücklich, von den Leiden der Juden im
Allgemeinen abgesehen, das Leben R. Meirs bisher verlief,
so bewegt und traurig sollten sich seine letzten Lebensjahre
gestalten. Die jüdischen Quellen berichten uns Folgendes:
„R. Meir aus Rothenburg, Sohn des Baruch, war im Begriffe,
mit Frau, Töchtern, Schwiegersöhnen und allen Angehörigen
eine überseeische Reise zu unternehmen, und er war schon
bis zu einer im lombardischen Gebirge gelegenen Stadt ge-
kommen; hier wollte er verweilen, bis sich seine sämmtlichen Reisegefährten um ihn gesammelt haben
würden. Doch plötzlich nahm der von Rom kommende böse
Bischof von Basel seinen Weg durch jene Stadt und mit ihm
ein jüdischer Apostat, Namens Knippe (Carmoly schreibt in
„Annalen" Kempel, im „Israelitischen Volkslehrer" Kempfe).
Dieser erkannte unseren Lehrer, meldete es dem Bischof, der
es bewirkte, dass der Herr jener Stadt, Graf Meinhard von
Görz, ihn am 4. Tamus 5046 = 28. Juni 1286 festnehmen
und an König Rudolf ausliefern liess, von dem er ins Gefängnis gesetzt wurde"[1]).

---

[1]) Vom 85., schon stark lädirten Blatte des im Jahre 1625 geschriebenen Wormser Minhagbuches durch Lewysohn selbst copirt,
lautet die Stelle in seinem נסחות צדיקים S. 36: ועוד מצאתי בכתב הזה
בזה הלשון מורינו הרב ר' מאיר מרוטנבירג בר ביוך [וצ"ל שם לדיך עטיין]
לעבור הים הוא וביתו ובנותיו וחתנ[ו] וכל אשר לו יבוא עד עיר אחד וישבת שן
[בין ההרים הרמים] שקורין לסביורדיש ניבורנא בלוא וראה שמה עד אשר
יאספו אצלו כל העוברים עמו, והנה [פתאום] ההגמון הרשע ישי מבזילא רכב סרומי
דרך אותו עיר ועמו משומד אחד שמו קניסא ישי[והביר] בסורינו והנויד
להגמון וגרם שההגמ"ה מינההרט סנייירץ שר של אותו עיר תפסוהו ד' בתמו שנת
סו לאלף הששי וספרוהו למלך רודאלף ונאסר בתפיסה בעיה [יש איי"ר] שנת
נ"ג לא . . . . . . (לאלף הג"ל :hat gelautet) וקבורה לא [היתה לי'] עד שנת סו
לירח ואז עיה. רוח נדיבה בלב נדיב אחד בקק [ורנקבורט] והיה שם הנדיב
זויסקינד ווים . . . . (L. ergänzt nach Carm. וייטטפעןַ) [עתק]
עד שהביאו לקבורה בקבר אבותיו בקק [פראנקבורט] וירמוייסא [ואותו] נדיב נטטר [אחייו]

Zweck und Ziel seiner Auswanderung und der eigent-
liche Grund seiner Gefangennahme und Verhaftung sind in
keiner einzigen Quelle angegeben. Dawid Gans erzählt
uns zwar, er habe aus dem Munde des Chajim Cohen,
(des Herausgebers der Prager Responsen im J. 1608) gehört,
dass er unter den Büchern des Pinchas Horowitz aus
Krakau ein altes Buch gefunden, in dem der Grund und

יקנה שביתתי [אצלי: נשסתם חץ . . . . עיין בספר מעשה . . . . עב"א . . . .
איך שנהרג . . . . . ובניתי . . . . . טאאיתי . . . . . הציר.

Die in שם המהילים II. ed. Frankfurt a. M., S. 154 in der Anm.
nach Ahron Fuld gegebene Abschrift dieser Stelle, die nur unwe-
sentlich von der hier gegebenen Copie abweicht und nur bis zum
Worte אצלי: reicht, ist, wie L. sagt, dadurch, dass sie Fuld durch Andere sich machen liess, ungenau. Gleichlautend mit Fuld aber hat den
Bericht, nach Prof. Kaufmanns freundl. Mittheil., das handschr. Min-
hagim-Exempl. der Bresl. Seminarbibl. Die hier wie bei L. eingeklammerten
Stellen sind die lädirten nach Ergänzungen Fulds, die Punkte bezeichnen die ausgefallenen Stellen.

Bis auf ein Datum, auf welches wir noch beim Capitel „Bestattung"
zurückkommen, stimmt ausser der Copie Fulds mit diesem Bericht noch
überein eine von Carmoly gelesene handschriftliche Randglosse in einem
venezianischen, 1524 gedruckten Mischne Thora bei Ahron Worms
in Metz, der auch in seinem Werke כן בן ני S. 77a (bei C. falsch 57 b)
von ihr spricht. (Mitgetheilt in deutscher Uebersetzung in Josts »Annalen« 1839, S. 349.) Dasselbe Datum für die Gefangennahme hat auch
das später mitzutheilende Epitaph des seither aufgefundenen Grab-
steines R. Meirs. Jechiel Heilpern fand in einem alten Sammelwerk
dasselbe Jahresdatum für die Gefangennahme, jedoch ohne Tag und
Monat. (S. סדר הדורות) Auf die Gefangennahme bezieht sich wohl auch
das והוא (סהרים סרוטנבורג) היה בשנת ס"י לאלף הששי bei Zakuto
im Juchasin, nicht wie Dawid Gans diese Worte Juchasins irrthümlich
auf den Tod R. Meirs bezogen hat, indem er schreibt: רבי מאיר מרוטנבורג
. . . . נפטר בבית הסוהר וגראה שוה היה בשנת ס"י כך מצאתי בדף האחין
בלקוטים המחוברים לספר יוחסין והוא האמת לדעתי ולא כמ"ש ביוחסין דף קל"ו
נפטר בבית Hier beim Datum ס"י hat Jueb. nicht das שהיה זה בשנת ס"ה סיה
הסתיר, während die andere Stelle lautet: נפטר הרב החסיד רבי מאיר
מרוטנבורג רבי של הראש זיל בבית הסוהר שנת ס"ה. Es liegt also gar kein
Widerspruch bei Juch. vor. Nur Ascheri's Sohn, R. Jehuda, giebt das
Jahr 5065 = 1304 oder 1305, und Ged. ibn Jachja nach einem alten
קונטרס den 4. Tamus 5057 = 1297 als Datum der Gefangennahme.
(S. שלשלת הקבלה) Wir werden später auf diese Stellen bei ihrer vollen
Wiedergabe noch näher eingehen.

die Geschichte der Verhaftung angegeben sind[1]); doch theilt
er uns bedauerlicherweise Nichts davon mit. Und so wird
bis heute der Grund in der damaligen unsäglich traurigen
Lage der Juden in Deutschland, besonders in den Rhein-
und Mainstädten gesucht, wo sie im neunten Decennium des
13. Jahrhunderts den blutigsten Verfolgungen und drückend-
sten Gelderpressungen ausgesetzt waren. Hier wechselten
Mord, Plünderung und Brandschatzung in grausamer Weise
einander ab. Von Mainz, wo im Frühjahr 1283 die christliche Bevölkerung durch den Einzug des Ritter von Ulm,
genannt Ring, mit der Kindesleiche seines Enkels (des nach-
herigen „heiligen Werner") zur Raserei gebracht worden
war, bis München, wo eine ähnliche Mordlüge am 11. October 1285 dieselben furchtbaren Folgen für die unschuldigen
Juden hatte, wiederholten sich die Metzeleien in den jüdischen Gemeinden in immer schrecklicherer Weise[2]). Auf
diese grauenhaften Scenen folgten dann als würdiges Nach-
spiel unerhörte Brandschatzungen, so dass die Gemeinden
wie die Einzelnen die von ihnen verlangten enormen Summen nicht mehr aufbringen konnten. So erzählt uns Chajim
Or Sarua, dass die Gemeinden am Rhein einmal die enorme
Summe von 30000 Mark an den König zu zahlen hatten und
zu diesem Zwecke sogar die unbeweglichen Waisengüter an-
gegriffen werden mussten[3]). Ein anderesmal wurde die gleiche
Summe — 30000 Mark — einem Einzelnen auferlegt[4]). Die

---

[1]) נם שמעתי ספי הגאון מהריר חיים הכהן יצ'ו שראה בספר ישן ספרי
מהריר פנחס הארויץ יצ'ו מקראקא סיבת וגלגולת תפיסת מהרים ושהיה זה בימי
הקיסר ראדילפום הראשון. (Zemach Dawid I, zum Jahre 5046.)

[2]) Ausführliches hierüber findet man bei Carmoly im „Israelitischen Volkslehrer", Frankfurt a. M. 1857, S. 20—22, wo die Gemeinden
und die Ermordeten aus den einschlägigen Quellen einzeln genannt sind.

[3]) אני הייתי ברינום כשיצאו מצרפת ונתוועדו כל הקהלות לשנצא
. . . . כי היצרכו ליתן סם נדול לסלך ל' אלף ותבעו בעלי
הקרקעות מן ליתומים מטלטלין. (Respp. Chajim Elieser Or Sarua N. 110.)

[4]) ועתה ישבילנו מ'ו כי ראובן אשר לזה הסכון לא הייתי אמיד אך מחמת
אחיו באתי לעין נדול בזה . . . . ועל כן באתי להפסד זה כי לא חששו
השרים כי אם עלי שהרי בשתהשוני השרים שאלו סמני ל' אלפים. (Respp.
Crem. N. 305.) Wenn es in der darauf folgenden Antwort heisst: סה

Zahlung wurde oft auch durch die Verhaftung des zu dieser
Summe Verurtheilten erzwungen[1]). Bei solch unerträglichen
Zuständen griffen Viele zum Wanderstabe, um andere Länder
aufzusuchen, wo sie eine menschlichere Behandlung erhoffen
durften. Der Hauptstrom der Auswanderer scheint seine
Richtung nach Syrien (Palästina) genommen zu haben, wo
sich unter der Herrschaft des mongolischen Grosschans A r -
g u n und seines jüdischen Ministers S a a d - A d d a u l a die
Verhältnisse der Juden besonders günstig gestaltet hatten[2]).
Dort haben wir auch das Ziel der überseeischen Reise R.
Meirs und seiner Angehörigen zu suchen. Dieses von ihm
gegebene Beispiel wirkte noch nachhaltiger auf weite Kreise
der zu Tode geplagten jüdischen Bevölkerung, die unter seiner
Führung eine neue, bessere Heimath sich gründen wollten[3]).
Durch das fortwährende Anlangen so vieler jüdischer Auswanderer in jener „im lombardischen Gebirge gelegenen
Stadt", d a s d o r t g e w i s s g r o s s e s A u f s e h e n erregt
h a b e n m u s s, übersah man erst den ganzen Umfang, den
diese Bewegung unter den Juden anzunehmen drohte. Die
gewaltige Einbusse, die die kaiserliche Hofcasse durch solch'
massenhafte Auswanderung der Kammerknechte erlitten hätte,
konnte natürlich der Regierung nicht entgehen. Um nun dem
Einhalt zu thun, ergriff man in R. Meir den vermeintlichen
geistigen Führer der ganzen Bewegung[4]); damit dachte man
ihr am wirksamsten entgegenzuarbeiten.

שראובן שמען לוה להם הסמין לא הייתי אמיד ניל ראין טענתי טענה זמה בכך
אם השר שואל לו אלף וקוק, so ist das לו אלף nur eine Corruptel und hat
richtig zu lauten אם השר שואל לי אלף וקוק, aus לי ist לו entstanden,
sonst dürfte es ja nicht שואל לו, sondern müsste שואל מהם heissen.

[1]) Im letztcitirten Resp. heisst es: .... וראובן השיב אנים הייתי
שחמת שהייתי תפוש בידי:

[2]) Siehe hierüber Grätz, Gesch. d. J. VII, S. 461, Note 10.

[3]) Diesen Sinn haben die Worte: ורצה לישב שמה עד אשר יאסף
אצלו כל העוברים עס:

[4]) Eine so auffallende, um sich greifende Erscheinung setzt einen
geistigen Urheber voraus; und so war es für den jüdischen Apostaten
Knippe nur natürlich, ihn von Vorne herein in dem hochgefeierten R.
Meir zu suchen, und da dieser dort weilte, auch leicht zu finden.

5

Danach wäre R. M. als Geisel zur Verhütung weiterer
Massenauswanderungen gefangen worden oder zum Schaden-
ersatz für die bereits stattgefundenen Emigrationen, indem bei
der allgemein üblichen Auslösung gefangener Juden darauf
gerechnet wurde, dass die Auslösung R. M's. eine besonders
hohe Summe der Hofkammer einbringen würde.

Doch dürfen wir hiebei eine Nachricht nicht übergehen,
die einer Quelle entnommen ist, welche unter den hierüber
berichtenden Quellen die älteste ist und aus einer dem Er-
eignisse noch ziemlich nahen Zeit stammt; überdies wird sie
uns durch eine Familie überliefert, die ohnehin in die
nächste Beziehung zu diesem Ereignis gebracht wird. Gedalja ibn Jachja las im „Mahnschreiben" (אגרת התוכחת) des
R. Juda (st. 1349 in Toledo, Sohn und Nachfolger Ascheris),
dass R. Meir im Jahre 5065 a. m. ins Gefängnis gebracht
wurde, weil der König eine verleumderische Anklage in
einer Angelegenheit gegen ihn erhob und eine hohe Geldsumme von ihm verlangte, die der unbemittelte R. M. nicht
aufbringen konnte[1]). Worin die Anklage bestand, wissen
wir nicht, dass sie aber auf Verleumdung beruhte, sagt
deutlich der Ausdruck העליל. Vielleicht wurde er verleumdet,
dass er auch zu den Anhängern des 1283—1285 in Neus
aufgetretenen falschen Kaiser Friedrich gehört hätte und so
den Sturz Rudolfs mitfördern wollte[2]).

---

[1]) ראיתי באגרת התוכחת שכתב זה הרב (רבינו יהודה) יהיא בט׳ צ׳א׳
לחמ׳ בניו האים בשנת ה׳ אלפים ס׳ה לבריא׳ הושם בבית האסירים הרב
הגדול ר׳ מאיר מרוטנבורק כי הסלך העליל עליו על עסק א׳ והי׳ שואל ממני
סך גדול והרב הי׳ עני ואין לאל ידי (שלשלת הקבלה דפים זאלקוא תקס׳ב
ד׳ס׳).

[2]) Brisch, Gesch. d. Juden i. Cöln II berichtet S. 163 im „Nach-
trag" aus dem „Düsseldorfer Anzeiger Nr. 316": „Der Fremde gebot über
ungeheure Schätze. Wir erfahren aus den gleichzeitigen Chroniken,
dass seine eifrigsten Anhänger die Juden gewesen . . . . . Sie waren
es, die dem falschen Friedrich die Mittel boten, als ein unermesslich
reicher König aufzutreten. Auch die Unzufriedenheit vieler rheini-
schen Städte war durch die drückende Last der durch König Rudolf
ausgeschriebenen Steuern so sehr gestiegen, dass sie offen fernere
Steuerzahlungen verweigerten . . . . . Jetzt (nach Verbrennung des falschen

Wir schliessen die Berichte der internen Quellen über die Gefangennahme mit einem überlieferten interessanten Mnemonikon, das Jechiel Heilperin in einem alten Sammelwerk gefunden, wonach die Gefangennahme veranlasst wurde durch folgende vier Fürsten: Marquard, Ulrich, Jorg, ((Georg) Rudolf, nach hebräischer Schreibart מירקרם, (vielleicht richtiger ביינהרם,) ריודלוף, יורג, א׳ולריך, deren 4 erste Buchstaben den Namen מאיר geben[1]).

Die jüdischen Quellen weisen also drei verschiedene Daten für die Gefangennahme auf. Das Wormser Minhagimbuch[2]), die handschriftliche Rand-Notiz bei Ahron Worms in Metz[3]) und das Epitaph haben sämmtlich den 4. Tammus[4]) 5046 = 1286. Gedalja ibn Jachja hat den 4. Tammus 5057 = 1297. Diese Quelle richtet sich aber selbst durch ihren inneren Widerspruch, indem sie Rudolf als den König nennt, der ihn verhaften liess; (ריידליף תפם מלך רומה הסבוני׳ man müsste denn dafür Adolf (אדולף) הרים מרוטנבירק) lesen.

Friedrich in Wetzlar) zog Rudolf alle Anhänger seines falschen Gegners zur Rechenschaft, in erster Reihe natürlich seine Kammerknechte".

[1]) ואני הכותב מצאתי בקובץ ישן ז״ל . . . . . וקבלה איש פי איש שכך שמות השרים שתפסו אותו מירקרם א׳ילריך יורג רוד׳אלף והסי׳ רית מאיר מצאתי ע׳ב . . . (Seder Hadoroth zum 6. Jahrtausend).

[2]) Wie mir soeben Dr. Kaufmann, Budapest brieflich mittheilt, hat das handschriftliche Exemplar der Breslauer Seminarbibliothek, f. 1466, dasselbe Datum für die Gefangennahme.

[3]) Von ihr sagt Carmoly „Israelitische Annalen" 1839, l. c. dass sie Ahr. Worms auch in seinem Werke „Ben Nun" F. 57 (richtig 77), „aber irrthümlich als uralt und aus jener Zeit herrührend, anführt, (denn sie kann nicht älter sein als das Druckjahr 1524.)" Die Erzählung selbst ist aber in B. N. gar nicht gegeben; er spricht dort blos von dem traurigen Ende R. M.s ohne alle Daten und schreibt darauf: ואני קריתי המעשה בכתב ישן נושן סוסן ההוא. A. W. konnte also in einer wirklich uralten, aus jener Zeit herrührenden Handschr. die Erzählung gelesen haben, aus der diese Glosse stammt. Wahrscheinlich hatte C. die mündliche Erklärung von A. W. (gest. 1836), dass er nur die in seinem Besitz befindliche Randgl. damit meine.

[4]) Gr. G. d. J. VII, S. 190 gibt als entsprechendes bürgerliches Datum den 19. Juni, ebenso Brisch I, S. 95, dafür haben Carmoly „Israel. Volkslehrer" 1857, S. 22, Wiener, Regesten, S. XIII und Gr. selbst in Note 9 zu B. VII den 28. Juni.

Ascheris Sohn. Jehuda hat 5065 = 1305. Diese Quelle kann überhaupt keinen Anspruch auf Genauigkeit machen, weil sie nicht Tag und Monat der Verhaftung angiebt. Die Angabe erweist sich aber auch als falsch, indem sie zugleich berichtet, Ascheri habe sich beim König verbürgt, die verlangte Summe für seinen verhafteten Lehrer zu erlegen[1]), während wir anderweitig wissen, dass Ascheri schon 1303 ausgewandert ist.

Der 4. Tammus 5046 ist sonach das einzige, der kritischen Prüfung Stand haltende Datum der jüdischen Quellen.

Noch eine, für die Geschichte der Gefangennahme besonders wichtige Nachricht hat uns eine jüdische Quelle aufbewahrt, die bisher noch gar nicht gewürdigt wurde.

Dort findet sich die auch sonst interessante Stelle, deren Wortlaut hier unten folgt, in der Jizchak ben Elija dem Chajim Or Sarua erzählt: Als er einmal im Studium der von ihm behandelten Talmudstelle begriffen war, erschien ihm der verstorbene R. Meir im Traume. Erstaunt darüber, dass ihm dieser grosse Mann, den er im Leben nie gesehen hatte, jetzt im Traume erschienen sei, dachte er, vielleicht könnte man doch an jener Talmudstelle die alte Leseart, die wegen einiger Schwierigkeiten von einer neuen verdrängt wurde, wiederherstellen; denn dies pflegte R. Meir gewöhnlich zu thun. Darauf erzählt er, wie er sich damit schon lange befasse und wie er zu der Zeit, da R. Meir sein Lehrhaus in Mainz errichtet hatte, zweimal dahingereist sei, um sich ihm vorzustellen und seine Ansicht über die Talmudstelle zu hören. „Ich hatte aber beidemale", erzählt er weiter, „nicht das Glück, ihn frei zu treffen, um ihn sprechen zu können; denn beim erstenmale beschäftigte ihn die Angelegenheit der Verhaftung seines Sohnes und beim zweitenmale sein Weggehen von der Stadt"[2]). Wir

---

[1] Schalcheleth l. c.

[2] ‎ורבינו מאיר זצוקלה"ה תירץ . . . . . ומעם אחת שהיה לי ללמיד
‎אותה נראה לי רבינו מאיר בחלום אחר פטירתו אמרתי ללבי אפשר שנאין זה
‎שלא זכיתי לראיתו מעולם נראה לי בחלום והשבתי ללבי אולי יש לישב הגירסא
‎שמחקן כי רבינו מאיר היה רגיל בכך וסתרתי מכח קישית (קשיתי : richtig

erfahren hier, dass während der Mainzer Amtsperiode R.
Meirs sein Sohn verhaftet wurde und dass er (R. M.) nicht
lange darauf von dort weggegangen ist. In diesem, bisnun
allgemein wenig bekannten Factum scheint mir der Schlüssel
zur richtigen Lösung der Frage nach dem Grund der Verhaftung
R. Meirs zu liegen. Doch hören wir noch zuerst die externen
Quellen.

Die Annales Colmarienses bei Böhmer, fontes rerum
Germanicarum, p. 23, berichten ad annum 1287: Rex Ru-
dolfus cepit d e R o t w i l r e J u d e u m, qui a Judeis magnus
in multis scientiis dicebatur et apud eos magnus habebatur
in scientia et honore. Dass unter dem de Rotwilre Judeum
Meir von Rothenburg gemeint ist, wird heute nicht mehr be-
zweifelt[1]). Damit ist das Factum der Verhaftung auch von
einer nichtjüdischen Quelle bestätigt. Wenn hier aber die
Verhaftung für 1287 angesetzt ist, so involvirt dies noch
keine Differenz mit dem von den drei erstgenannten jüdischen
Quellen angegebenen Datum 1286; denn diese beziehen sich
auf die G e f a n g e n n a h m e in der „im lombardischen
Gebirge gelegene Stadt", jene aber können sich auf die
später erfolgte d e f i n i t i v e V e r h a f t u n g beziehen, wo
inzwischen — vielleicht durch sofortige, von den Juden ein-
geleitete Verhandlungen wegen seiner Freilassung — ganz
leicht ein halbes Jahr vergangen sein kann; so dass die de-
finitive Verhaftung erst erfolgte, nachdem die Verhandlungen
sich zerschlagen hatten.

Dieselbe Quelle berichtet aber bei Böhmer, fontes p. 21:
De potestate Rudolfi regis fugit Judeus captivus, qui ei mille
quingentas tradere promittebat marcas[2]).

הגירסא חדשה וקיסתי הישנה אך אין בתיבתי אצלי לכתוב עתה וצ״ע ובעהב״ה
כשאניע שם אתיישב בדבר ובשקבע בית מדרשי: בסננצא והושיט לי שרביטי
אשר לא בדת בעונתה הלכתי להקביל פני: פעסים לראות אם יכבים לדברי ולא
זכיתי לסיצא פני כי נסרד בראשונה על דבי תפיסת בני ובשניה על יציאתי
מן הסקים. ‎‏(Respp. Chajim Elieser Or Sarua N. 164.)

1) Vgl. Wiener. Regesten I. S. 13 i. d. Anmerkung. und Grätz G.
d. J. VII. Note 9, S. 457.

2) Wiener l. c., p. XIII. N. 1.

Nachdem wir nun durch eine jüdische Quelle wissen,
dass v o r R. Meir auch sein Sohn verhaftet worden ist, liegt
es für uns nahe, die Verhaftung des Vaters mit der des
Sohnes in Zusammenhang zu bringen.

Dass das fugit Judeus c a p t i v u s, wie Wiener a. u. a.
O. meint, sich ebenfalls auf R. M. beziehen sollte, leuchtet mir
darum nicht ein, weil er ja dann auch schon v o r s e i n e r
A u s w a n d e r u n g verhaftet gewesen wäre, wovon aber sonst
keine Quelle etwas weiss. Es wäre auch dem Judeus captivus
noch irgend ein Epitheton beigegeben, wenn es sich auf R.
M. bezöge, so wie an den beiden anderen citirten Stellen
derselben Quelle die beigefügten Epitheta sofort R. M. ver-
rathen. Es erscheint mir darum richtiger, das „fugit Judeus
captivus" auf den v e r h a f t e t e n Sohn R. M.s zu beziehen.
Mit diesem Sohne muss eine eigenthümliche Geschichte vor-
gegangen sein. Er ist wie verschollen; es ist nirgend, weder
in jüdischen[1]) noch in nichtjüdischen Quellen sonst von einem
Sohne R. M.s die Rede. Bei der Auswanderung R. M.s nennen
sie sein Haus, seine Töchter und Schwiegersöhne oder Schwiegersohn (וחתנו‎ s. הוא וביתו ובנותיו וחתניו‎), von einem S o h n e ist
keine Rede. Hätten wir nicht das Schreiben des Jizchak ben
Elija[2]), wüssten wir gar nicht, dass R. M. überhaupt einen
Sohn hatte, was an sich schon auffallend ist. Keinesfalls kann
dieser Sohn ein Mann von irgend welcher Bedeutung gewesen
sein. Seine Verhaftung war sicher die Folge der damals so
üppig blühenden verschiedenartigen Verleumdungen. Vielleicht lenkte man den Verdacht auf ihn, dass auch er ein
Anhänger des seit 1283 in Neus aufgetretenen und im Juli 1285
in Wetzlar öffentlich verbrannten falschen Friedrich gewesen
sei. R. M. hat gewiss alles Mögliche aufgeboten, um seinem

---

[1]) In ed. Pr. beginnt N. 19: ראה ריח בני כריח השדה אשר ברכו ה'‎
אשיב לך על שאילתך‎ . . . und ist ohne Unterschrift, es gehört aber
sicher dem kurz vorher genannten ר' יצחק בן אברהם‎ an, der mit Bezug
auf seinen Namen יצחק‎ seinen Sohn mit den Worten Isaks begrüsst.
Auch das ed. P. 358 vorkommende יחתיב בתום בני‎, gehört nicht R. M. an.

[2]) Dieser dürfte ein jüngerer Bruder des Perez b. Elija sein.
Resp. 542 ed. Pr. hat die Unterschr. יצחק בן הרר אליהו ז"ל‎.

Sohne zur Wiedererlangung der Freiheit zu verhelfen; nur diesen Sinn können haben die Worte: כי נטרד בראשונה על דבר תפיסת בנו. Der Verhaftete bot 1500 Mark als Auslösungsschilling an, wofür der Vater R. M. wahrscheinlich die Bürgschaft übernommen hat. Dem Sohne gelang es aber, heimlich zu entkommen, ohne das versprochene Lösegeld für sich erlegt zu haben. Man hielt sich daher an den väterlichen Bürgen R. M., der aber nicht über eine solche Summe zu verfügen hatte. Man mag auch den falschen Verdacht gegen ihn gehegt haben, dass er um die geplante Flucht des Sohnes wusste, und ihm dafür hart zugesetzt haben. Diese Plackereien bestärkten ihn in dem Entschlusse, gleich vielen Anderen auszuwandern[1]), und das Ende der Verhaftungsgeschichte des Sohnes war die spätere Verhaftung des Vaters. Auf diese mysteriöse Geschichte von der Verhaftung und der Flucht des Sohnes, über die man Schweigen beobachten wollte, beziehe ich die so geheimnisvoll vorsichtig gehaltene Mittheilung bei Jehuda ben Ascher: „Der König trat mit einer falschen Anklage gegen ihn (R. M.) auf wegen einer gewissen Angelegenheit und verlangte von ihm eine hohe Summe, die der damals unbemittelte R. M. nicht aufbringen konnte"[2]).

Interne wie externe Quellen ergaben also 1286 als das Jahr der Gefangennahme.

---

[1]) Dieser pragmatische Verlauf der ganzen Begebenheit spiegelt sich deutlich wieder in den Worten: כי נטרד בראשונה על דבר תפיסת בנו ובשניה על יציאתי מן הסקיב. Diese kurz aufeinandergefolgten Facta stehen in innigem Causalnexus zu einander.

[2]) Siehe oben S. 66. Anm. 1 Wenn auch die in leicht zu verwechselnden Buchstabenziffern daselbst gegebene Jahreszahl nicht richtig ist, so war doch der Sohn Ascheris sicher über den eigentlichen Grund der Verhaftung wohl unterrichtet. Dass R. M. viele heftige Feinde hatte, sahen wir aus den von uns citirten Stellen: S. 27. A. 4 u. S. 44. A. 1 und 2.

V. Capitel.

Ort und Dauer der Haft.

Sowie unter sämmtlichen Quellen keine einzige den
Namen der Stadt nennt, in der R. M. durch Meinhard von
Görz gefangen genommen wurde, so giebt auch keine der
bisherigen, über die Verhaftung R. M.s berichtenden Quellen
den Namen des Ortes an, wohin ihn Kaiser Rudolf ins
Gefängnis bringen liess. Selbst in den 4 edirten Gutachtensammlungen, wo er hie und da von seiner Haft spricht,
und in den noch zu nennenden anderen Schriften R. M.s
begegnen wir einem beharrlichen Schweigen über den Namen
seines Haftortes. Nur in einzelnen der vielen Aufzeichnungen,
die aus seinen Schülerkreisen oder aus noch späterer Zeit
stammen, werden uns gelegentlich 2 Gefängnisse als Haft-
orte R. M.s genannt. In den „Hagahot Maimunijoth" zu
הלכות שבת, c. 6, wird Wasserburg (וושבורג) als Ort seiner
Haft genannt[1]). Ebenso sagt die Ueberschrift eines in II.
h. 89 sich findenden handschriftlichen Jozer, dass ihn R.
M. im Gefängnis zu Wasserburg verfasste[2]). Die Haft in
Wasserburg kann nur von kurzer Dauer gewesen sein, da
sie sonst nirgend weiter erwähnt wird. Oefter dagegen wird
von seinen Schülern ein zweiter Haftort genannt, der seither
unter dem Namen „Thurm von Ensisheim" in der jüdischen
Literatur allgemein bekannt ist und gleich seinem einstigen

---

1) טבאן נראה לבתי חורף חורף שהוחמו בשביל הקטנים שבבית או בשביל העברי
השמעתי שאינם רוצים לישב בקרר מיתרי מיתרי הגדול ליהנם ליהנם .... שורי
רבי הרב אמר כי בצרפת היו נוהגים בבית רבי ז״ל היה.... וזכרוני כשהייתי
אצל מורי בסגדל וושבורק שבעים עשיני סדורה להתחמם בעוד בלילה ובשישבני
עד בטעם היה כלה כלה באו העברים ועשאוה גדולה ואסרו בפי שעשואה לנו לנחי
בדבר. Mose Trani erzählt in seinen RGA.
I, 142[b]. dass am Schlusse seines Taschbez-Exemplars geschrieben steht:
חבר הוה עשה האשל הגדול הרב ר׳ מאיר מר ברוך כשהיה נתפש בווירשיבא
(corrumpirt a. על הסגדל (וושרבורק (Vgl. Wiener in Frankels Monatsschr.
1863, S. 172)

2) זה היוצר יסד הרב ר׳ מאיר סרוטנבורק בן הרב ר׳ ברוך סגרסשא
שם. אשר מאיר האטורין בבית בווישרבורק עשה והיא (Zunz, Literaturgeschichte S. 361, Anm. 4.)

Insassen R. M. in den Annalen der jüdischen Geschichte
verewigt ist[1]). Ein Städtchen dieses Namens im Oberelsass
(im Colmarschen) gilt allgemein als der in den Schriften
überlieferte Gefängnisort. Aus der viel öfteren Erwähnung
Ensisheims geht hervor, dass diese Haft von viel längerer
Dauer war als die in Wasserburg. Zunz a. u. a. O. hält die
Haft in Wasserburg für die erste und die in Ensisheim für
die zweite. Warum R. M. nach einem zweiten Gefängnis
gebracht wurde, wissen wir nicht. Doch dürfte es damit
folgende Bewandtnis haben. Wir wissen, dass die Auslösung
der unschuldig verhafteten (שבוים פדיון) im Allgemeinen als
dringende heilige Pflicht galt, und da ist es mehr als selbst-

---

[1]) Ich lasse hier sämmtliche Stellen folgen, wo ich Ensisheim
als Haftort R. M.s bei seinen Schülern gefunden habe.

Hag. Maim. zu תשובה, ה"ל, C. V.: ליתרי סורי לי תירים אימיגשהיים ובמגדל

ibid. zu I: שטע קרית ח"י, באלה באימיגקשהיים אלה דברים לבל סורי הספים וכן

zu רפאה, ה' :14 שחזר לי ואסי לדברי רבינו סורי הזאה אימיגשהיים במגדל

בחדושי. zu שבת, ה', 19, ו אימוגלשהיים במגדל ו תשובה קבע ושיב
בן מ"ב zu M. 30: באמ רבינו רבי מב סן סורי ה מאן

לההיר אשר סמגדל אימושהיים וקבעה סורי רבינו בחידושי ב ה ב ב יד Respp.

zu M. 31: קנין מב, N. שוב אור בי מדרים וציל בסקרת יזל אשר כתב במגדל
אימוגשהיים אהא הדרק האומגן .... עדל אשר כתב בחידושי בדרק האוסן

תשובת סורי רבינו לסהרי. Respp. zu M. 60: אימוגשהיים במגדל
אלהית zu V. 6: אשר סמגדל אימושהיים וקבעה בחדושי. In תושפת ה"ם,
ל: י בי אור אומושהיים במגדל ופים בהותי ולאהר ין. Vom „Thurm"

ohne nähere Bezeichnung ist die Rede in אלהית zu VI, 5: עיו עלב יבת .... יבמגדל זה בענין היב סתחלה סעדים היה מדרים אבל
zu VII. 1. das. סלע שן סלשן לצ' ליל שנית בותל יזל כתב יבמגדל zu
VII. 2: סירי הבא ם י במגדל ...... חולק וסהרים Ins Gefängnis
schreibt ihm Abraham b Elieser Halewi. Respp. zu Maim. קנין ם, N. 32:
צבלאך יעאך ציציני. Der Brief scheint am ב"י ערב geschrieben zu sein,
denn er schliesst: כן על קריב והגודא הגדול השם ולעיב לעוב רסה היום

רברי סעטים סריב ובאתי בקצה לסריבה הסטרה. Die Antwort R. M.s beginnt: ותצדעי אלוסי אליך הסיוה סבור שבתמיה ארי.

Der Vollständigkeit halber sei hier mitgetheilt, dass bei Schaab,
Diplom. Gesch. d. J. in Mainz, S. 473 eine Ortschaft Ensheim im
Kanton Pfeddersheim und S. 476 ein Ensheim im Kanton Wörrstadt
genannt ist.

Unter den das. S. 61 mit Namen einzeln aufgezählten 54 Juden-
häusern, die den Mainzer Bürgern anheimgefallen waren, führt N. 19
den Namen „Zur Wasserburg".

verständlich, dass zwischen den jüdischen Gemeinden und
der Regierung Verhandlungen wegen Aufhebung der Haft
R. M.s stattgefunden haben, was auch von jüdischen und
nichtjüdischen Quellen bezeugt wird.

Die Annales Colmarienses, bei Böhmer, fontes II, p. 72,
berichten zum Jahre 1288, dass die Juden ein Gesuch an
Kaiser Rudolf gerichtet hatten, in dem unter Anderem auch
die Bitte enthalten war: ut ipsorum Rabbi, i. e. supremum
magistrum, cui schola Judaeorum et honores divinos impendere videbantur, quem rex captivaverat, a captivitate car-
ceris liberaret, viginti sibi millia marcarum promiserunt[1]).
Dass unter diesem „Rabbi", für dessen Freilassung (in
Verbindung mit dem angesuchten Schutz für die Juden in
Boppard und Wesel) die Juden im Jahre 1288 dem Kaiser
die enorme Summe von 20,000 Mark angeboten haben,
niemand Anderer als R. Meir gemeint ist, steht ausser
allem Zweifel.

Wir haben aber auch einen jüdischen, zeitgenössischen
Bericht über stattgefundene Verhandlungen zwischen den
Juden und dem König, in welchen sie ihm für die Gewährung
ihrer Bitte 23000 Mark versprachen. Der schon einmal
erwähnte Chajim ben Jechiel Chefez Sahab aus Cöln[2]) berichtet: „Ein Vater und sein Sohn hatten ihre übernommene
Sendung an die Obrigkeit, soweit es in ihrer Macht stand,
möglichst gut ausgeführt. Doch da trat das bekannte
unglückliche Ereignis ein, dass der Hegemon (הגמון)
in Gefangenschaft gerieth, nachdem er schon mit dem
Rächeramte den Anfang gemacht und zwei von ihnen hatte
hinrichten lassen und bezüglich der Uebrigen bereits den
Befehl zur Fällung des Todesurtheils ertheilt hatte"[3]).

---

[1]) Vgl. Wiener, Regesten, S. 13, N. 81 und Grätz, G. d. J. VII,
Note 9, S. 457.

[2]) Dass es nicht angeht, diesen mit Chajim, dem älteren Bruder
Ascheris, zu identificiren, wie dies Brisch I. S 97, thut, bemerkt schon
richtig Gross in Grätz's Monatsschr. 1885, S. 313.

[3]) ניל אחרי שׁראובן ובני לא סעלי בשׁליחית ועשׂו כל היכולת אך שׁאירע
אינם הידוע שׁנתפס ההגמון אחרי שׁהתחיל בנקמה להרג שׁניהם מהן

In diesem Bericht giebt sich deutlich zu erkennen die
am 5. Juni 1288 in der Schlacht bei Woringen erfolgte
Gefangennahme des mit der Cölner Bürgerschaft in jahre-
langer Krigsfehde gestandenen Erzbischofs Siegfried von Cöln[1]),
von dem hier erzählt wird, dass er während dieser Fehde
auf die gerechten Klagen der Juden, deren Anhörung immer
erst durch schwere Geldopfer erkauft werden musste, über
einige ihrer Mörder die verdiente Todesstrafe verhängen liess.

Chajim erzählt dann weiter, dass sie voriges Jahr
nur zwölf waren, die dem König 23000 Mark zugesagt
hatten, für den Fall, dass er ihr Verlangen ihnen erfülle.
Der König war damit einverstanden, nur im Gewähruagsfalle
ein Anrecht auf die zugesagte Summe zu haben. Nun hat
aber der König ihre an die Zusage geknüpfte Bedingung
muthwilligerweise nicht erfüllt. „Daraufhin", so erzählt
er weiter, „sagte ich zu den Gemeinden, ihr dürft unserer
Gemeinde gar keine Zahlung auflegen, und alle Gesetzes-
kundigen, die dabei waren, haben entschieden, dass unsere
Gemeinde frei von jeder Zahlungspflicht sei, worüber sie
uns einen schriftlichen Revers ausgestellt haben, den ich in
meiner Hand habe. Trotzalldem setzten sie auf eine Steuer-
forderung an unsere Gemeinde, was der König und der
Statthalter Eberhard (von Katzenellenbogen) merkten[2]).

והשאר צוה לביתכם להתחייב הרינה . . . . . שחייב לקיים כל מה שנדר . . . . .
ובש בנדון זה (Respp. ed. Pr. 241) Dass unter הגמון „Erzbischof" verstanden wird, zeigt das סבוילא . . . והגה ההגמון des Minhagbuches
ferner ספני ההגמון ססעגני ed. P. 339.

    [1]) S. Weber „Allgemeine Weltgeschichte", VII. S. 794—795, zweite
Auflage, Leipzig 1884.

    [2]) ואשתקד לא היינו אלא י"ב שנדרו לסלך כ"ג אלפים ליסרי על תנאי
אם לא יקיים לא היינו חייבים לו בלום ונסינ אחור ולא קיים תנאו וכסיד ובי
על איתן ה"ב ליתן הסמין חלילה ב"ש בנדון זה שכבר התחילה נקסה לולי נאנס
והתהניתי עם הסלך כי פעטים שאין לנו דין ודברים עטך אך אם תעשה
בך נדול זה הסך (Ich lese סה שנדרת לנו יתנו לך זה אעסוק Vgl. eben S.
66 Anm. 1 bei Jehuda b. Ascher, sonst müsste man lesen ואעי"כ)
ואם לאי לא יתנו לך פרוטה ועגה הסלך איני ריצה יתר אם אעשה סה שנדרתי
סיסב ואם לאו אל תתנו ובשטנב הסלך אחר אסרתי על (אל) הקהילות אל
תסילי על הקהלה שלנו סאוטה יבל תיסשי התורה שהיי שם ספקו שהקהלה

76

Diese Verhandlungen mit dem König hatten also ein
Jahr vor der Gefangennahme des Erzbischofs, demnach 1287
begonnen, waren aber, wie der Schluss der Erzählung durch-
blicken lässt, auch 1288 noch nicht ganz abgebrochen[1]), was
mit der erst citirten externen Quelle stimmt. Hier erfahren
wir aber auch, wie sich die Verhandlungen in die Länge
zogen, dass Kaiser Rudolf erst nach längerer Erwägung die
Gewährung der ihm vorgetragenen Bitte endgiltig verweigerte.

Haben wir so den Zeitpunkt dieser Verhandlungen
glücklich eruirt, so liegt die Annahme sehr nahe, dass es
sich hierbei ebenfalls um die Befreiung R. M.s und gleich-
zeitig um den Schutz der Juden in Boppard und Wesel
gehandelt habe; so dass Chajim Chefez Sahab und die
Colmarschen Annalen über einunddasselbe Factum berichten.

Ein zweiter Zeitgenosse erzählt uns ausdrücklich, dass
während der Haft R. M.s sämmtliche Rabbiner, darunter
R. Ascher, und Vorstände der Rheingemeinden sich zur Berathung in Mainz versammelten, weil sie die Summe von 30000
Mark zur Ablieferung an die Regierung aufbringen sollten[2]).

שלני פטורה וכתבו לני פטיר והפסק בידי ויעל כל זה הלכי וקבצו (וקצבו) שם
על הקהילה שלני והראה (וראו?) הסלך והפאחת עבירהרס (עביהרס).

Wegen der Wichtigkeit dieses Responsums folgt es im „Anhang“ dem
Wortlaute nach als Excurs I, wo wir noch näher darauf eingehen werden.

[1]) Siehe unseren Excurs I.

[2]) אני הייתי בריגום בשיצא׳ מצרעת ונתועדו כל הקהלות לסניגא וסיי׳
הרב רבי סנחם סוויצבורק וסורי הרב ר׳ היילטין וסיי׳ הריד אשר וכל הגדולים
שהיו בריגום וראשי הקהלות כי הוצרכו ליתן שם גגול לסלך ל׳ אלף ותבעו
בעלי סשלשלין ליתיסים סן הקרקעות כי בריגום נתבי שאשילו יש לאדם כסה
בתים שוים כסה אלפים אינו נותן סם סהם ושטעתי באותה שעה שסוריני ורבינו
סאיר וציל אטר אפילו אם היו חייבים ליתן סם סן הקרקעות לא היו חייבים ליתן
כי אם רביע שוים סהיא סהוא דפאה סבין חסטין דעבדין ס?אתן דלא עבדין וסי׳
סורי לא שטעתי כי היה תבום אבל סדי סורי הרב ר׳ סלסה וצ׳ל שטעתי
בן בהייתי בסרינא (Respp. Chajim Or Sarua, N. 110.)

Unter dem מצרעת בשיצא׳ kann nur eine partielle Austreibung
verstanden sein.

Es wäre von Wichtigkeit über den hier genannten Salomo in
Prag etwas Näheres zu erfahren; vielleicht gelingt es mir, in meinen
„Materialien zur ältesten Geschichte der Prager jüdischen Gemeinde“
Genaueres über ihn zu bieten. In ed. Pr. N. 690 richtet היד סלסה סוינא
eine Anfrage an Samuel a. Bamberg, den er anspricht ס׳ אדר.

Bei drei von einander so unabhängigen Berichten über
solch enorme Geldversprechungen der Juden an die Regierung während der Haft R. M.s spricht Alles dafür und
Nichts dagegen, dass es sich um seine Auslösung handelte.
Ueber das Endresultat der Verhandlungen lauten die
Berichte in den Quellen verschieden. Die Colm. Annalen
setzen einfach ihre Erzählung weiter fort: „Rex Judeorum
petitionem exaudivit, Judeum captivum libertati restituit, illos
de Vesela atque Popardia in marcis 2000 condempnavit et eos
a mortis periculo liberavit". Dagegen sprechen aber die oben
bereits angeführten jüdischen Quellen, darunter die entschei-
dende in dem seither aufgefundenen Epitaph, die sämmtlich
R. M. im Gefängnis sterben lassen. Dass jedoch die
Verhandlungen nicht ganz resultatlos für R. M. geblieben
sind, das sagen deutlich die Worte des Jehuda b. Ascher,
der uns berichtet: nachdem man den vom König selbst nam-
haft gemachten Bürgen für die versprochene Summe gestellt
hatte, ‏ואו הרחיבו הרים בסוהר יותר סובה עד שיפרע‎ [1]). Dadurch
kennen wir auch den Grund, warum R. M. von Wasserburg
nach einem anderen Gefängnis gebracht wurde. Das war eben
das Resultat der Verhandlungen, dass ihm das leichtere
Gefängnis Ensisheim zum Aufenthalt bestimmt wurde [2]). Hier
aber blieb er, wie sämmtliche jüdischen Quellen berichten,
bis zu seinem Tode. Warum das Auslösungswerk nicht durchgeführt wurde, ist schwer zu eruiren. Aus den Worten des
Chaj. Chef. Sah. könnte man herauslesen, dass der König
von der getroffenen Abmachung zurückgetreten sei. Richtig

---

[1]) Schalscheleth l. c.

[2]) Vielleicht wollen auch die Colm. Annalen mit dem „libertati
restituit" nur sagen, dass man ihm gewisse Freiheiten eingeräumt
hat; oder, was mir richtiger scheint, es ist darunter nur der Entschluss
und Wille des Königs verstanden, dass er durch den Erlag der Summe
der Freiheit wiedergegeben sei, womit die Fassung bei Chajim Chef.
Sahab übereinstimmen würde. Denn zur factischen Freilassung musste
ja die versprochene Summe schon erlegt worden sein. dies sagen aber
die Annalen selbst nicht, sie sagen nur: „sibi promiserunt". gerade so
wie sie bei Böhmer, Fontes II, 21. von dem entflohenen „Judeus captivus"
sagen: „tradere promittebat". Vgl. oben S. 69.

scheint allenfalls zu sein, dass diese enorme Summe von den armen, schon vielfach gebrandschatzten Gemeinden nur schwer und langsam aufzubringen war, was dem R. M. nicht unbekannt bleiben konnte. Es musste ihn darum doppelt schmerzen, dass seine Enthaftung um einen solch hohen Preis erkauft werden sollte; überdies könnte die Regierung, dieses Manöver der Verhaftung gefeierter Männer zu Gelderpressungszwecken, wenn es ihr ein mal gelingt, in dieser Zeit ewiger Geldnoth oft wiederholen. Er sträubte sich darum, wie uns Salomo Lurje berichtet[1]), gegen seine so hoch bemessene Auslösung. Hier reiht sich als Schlussglied in der Kette der Begebenheiten an der Bericht des Jehuda b. Ascher: „Inzwischen (während dieser langwierigen Verhandlungen) starb R. M. im Gefängnis"[2]).

Hiermit sind wir bei der Frage nach der Dauer der Haft angelangt. Als terminus a quo haben wir hiefür den 4. Tammus 5046 endgiltig fixirt. Da aber nach dem Vorangegangenen der terminus ad quem durch das Todesdatum bestimmt wird, so kann die Dauer der Haft erst nach Sicherstellung des Todesjahres mit Bestimmtheit angegeben werden.

Jehuda b. Ascher hat für den Tod R. M.s g a r k e i n Datum. Er lässt ihn 5065 = 1304 oder 1305 verhaften, darauf folgen die Verhandlungen wegen der Auslösung, wo er i n - z w i s c h e n — ohne jede Angabe wann — im Gefängnis stirbt[3]). Z a k u t o lässt ihn sterben 5065[4]). Da wir schon

---

[1]) שמעתי על מהר"ם מרוטנבורק ז"ל שהיה תפוס במגדל אייניסהיים כמה שנים והשר תבע מן הקהלות סך גדול והקהלות היו רוצים לפדותו ולא הניח כי אמר אין פודין השבויים יתר מכדי דמיהם. (Jam schel Schlomo, Gittin IV, N. 66.)

[2]) תוך זה נפטר הרב בבית האסורים (Schalsch. Hakk. a. a. O.) Die Nachricht von der Bürgschaft Ascheris für seinen Lehrer und von seiner Flucht wegen Nichteinlösung seines Wortes bedarf selbst noch der Bürgschaft ערבך ערבא צריך, da Ascheri lange nach dem Tode R. M.s, erst 1303, ausgewandert ist. Vgl. Grätz l. c. Ueberlassen wir darum diese Bürgschaftsgeschichte Ascheri's dem Reiche der Sage.

[3]) Vgl. vorige Anmerkung.

[4]) Júchasin: נפטר הרב החסיד רבי מאיר מרוטנבורק רבי של הראש ז"ל בבית השורר שנת ס"ה.

oben nachgewiesen haben, dass auch er ihn 5046 verhaften lässt[1]), so hätte nach Zakuto die Haft gedauert von
5046—5065, also 19 Jahre. Das „Konteros" bei Gedalja
sagt : „Im Jahre 5057, am 4. Tammus, verhaftete der römische
Kaiser Rudolf den R. M., der gestorben ist im Gefängnis am
19. Ijar und nicht beerdigt wurde bis zum 4. Adar des
Jahres 5067[2]). Diese Fassung ist sehr dunkel. Man weiss
nicht recht, ist hier der n ä c h s t e Ijar n a c h d e m vorher-
genannten T a m m u s 5057, also Ijar 5058 gemeint, dann wäre
er kein ganzes Jahr in Haft gewesen, oder ist der l e t z t ver-
flossene Ijar v o r d e m A d a r 5067, also Ijar 5066 gemeint,
wie es auch Asulai auffasst[3]), so wäre er in Haft gewesen
circa 9 Jahre, vom 4. Tammus Ijar 5057 — 19. Ijar 5066.
Gegen diese drei mit einander differirenden Quellen geben
die anderen drei Quellen: Wormser Minhagimbuch, Rand-
notiz bei Ahron Worms und die competenteste Quelle hierin,
das seither aufgefundene Epitaph, gleichlautend den 19. Ijar
5053 als Todesdatum an. Darnach dauerte die Haft R. M.s
circa 7 Jahre vom 4. Tammus 5046 — 19. Ijar 5053 = 19.
(28.) Juni 1286 — 27. April 1293, wo sich sein Geist der
engen irdischen Zelle entrang.

VI. Capitel.

Leben in der Haft, Tod, Alter.

Die sieben Haftjahre R. M.s waren sieben Jahre geisti-
ger Hungersnoth für seine zahlreichen Schüler und Verehrer.
Alles sehnte sich und durstete nach dem erfrischenden Quell

---

[1]) Dass das תלמידו מהר״ם פרוטשנבורג זהוא היה בשנת ס״י לאלף הששי
bei Juchas. das Verhaftungsdatum sein soll, habe ich schon oben gegen
Gans erhärtet. Woher stammte denn auch dieses Todesdatum?!

[2]) בשנת חמשת אלפים נ״ז ד' תמוז סלך רומה הסכני ריידליף תפס הר״ם
פרוטשנבורק ונפטר בתפיס י״ט אייר ולא נתן לקבורה עד ד' אדר שנת ס״ז לפרט.

[3]) שם הגדולים) ולא ניתן מהר״ם ז״ל לקבורה כ״ם ח דשים מאייר עד אדר
ed. Frankf. II, S. 152.)

seiner Belehrungen. Mit dem Einzug R. M.s in die Pforten
des Gefängnisses ward es finster in den Räumen des Lehr-
hauses, und alles strömte hin nach Wasserburg und Ensisheim[1], um sich aus den dortigen Gefängnisräumen Licht vom

---

[1] Es ist bereits oben gesagt worden, dass Zunz Wasserburg
für den ersten und Ensisheim für den letzten Haftort hält. Darnach müsste in weiterer Consequenz Wasserburg auch das schwerere
und Ensisheim das leichtere Gefängnis gewesen sein. Mit dieser Annahme ist jedoch nur schwer zu vereinbaren die Erzählung von der im
Gefängnis zu Wasserburg am Freitagabend stattgefundenen gemüthlichen
Versammlung seiner Schüler um den für sie geheizten Kamin, was eher
auf eine leichtere Haft hinweist. Es wäre daher noch erst zu erwägen,
ob nicht vielleicht umgekehrt Ensisheim die erste, schwerere und
Wasserburg die letzte, leichtere Haft war. Damit würde gut stimmen
seine aus Ensisheim an Ascheri gerichtete, weiter oben angeführte Klage
über seine finstere, von Todesschatten erfüllte Haft. Auch das von Zunz aus
dem in Wasserburg verfassten Jozer angeführte שבני מסבל הוחקי וסמישריות
בבות נתק׳ lässt eher darauf schliessen, dass er hier — in Wasserburg —
Erleichterung gefunden habe. War Wasserburg die erleichterte
Haft, so dürfte man vielleicht die weitere Vermuthung wagen, dass er nach
Aufhebung der Haft in Ensisheim nach Mainz gebracht und dort
nur in dem schon genannten Hause No. 19 „Zur Wasserburg"
internirt wurde. Erinnern wir uns an die Erzählung des Chajim Or
Sarua von der in Mainz stattgefundenen Versammlung der Rabbiner
sämmtlicher Gemeinden am Rhein, wo er uns eine dort gehörte Bestimmung R. M.s mittheilt, mit der Beifügung וסמי מורי לא שטעתי
כי היה תמם so klingt das auch darnach, als wäre zu der Zeit auch
R. M. wol ebenfalls in Mainz, aber nicht frei, sondern verhaftet gewesen. (כי היה תמם) darum konnte er es nicht von ihm
selbst hören. Denn war da R. M. überhaupt nicht in Mainz, so hat
diese ganze Beifügung keinen rechten Sinn, den sie aber wol hat, wenn R.
M. zu der Zeit in Mainz (zur Wasserburg) in Haft war. Sollte dieser
mit aller Vorsicht geäusserten schwachen Vermuthung einige Berechtigung zugesprochen werden, so wäre damit auch das libertati restituit
der Colmarschen Annalen erklärt. Bemerkt sei noch, dass in keiner der
drei Quellen: Minhagimbuch, Glosse bei Ahron Worms und Epitaph,
der Name des Gefängnisses genannt wird, in dem R. M. gestorben
ist. Endlich sei erinnert an die Verhaftung des Sohnes R. M.s in
Mainz. Trotzalldem aber empfiehlt es sich mehr, Mainz als das letzte
Rabbinat R. M.'s anzusehen, darum fand es Ch. O. S nöthig zu sagen
וסמי מורי לא שטעתי כי היה תמם.

„Erleuchter" zu holen, wogegen die Regierung Nichts ein-
zuwenden hatte. Ein untrüglicher Beweis, dass er nicht wegen
irgend eines verschuldeten Vergehens in Haft war.

Sein Leben in der Haft war daher durchaus kein von
der Aussenwelt gänzlich abgeschnittenes. Vielmehr sahen wir
in Wasserburg am Freitagabend seine Schüler am traulichen
warmen Kamin um ihn versammelt, wo das christliche Dienstpersonal ihnen durchErhaltung des Kaminfeuers den Aufenthalt
daselbst angenehm zu machen sucht. In Ensisheim sahen wir
ihn schriftlich mit weiten Kreisen der Aussenwelt verkehren,
Briefe empfangen und versenden, seinen Schülern Vorträge
halten, die sie sorgfältig aufzeichnen und in besondere Sam-
melwerke niederlegen. Er bearbeitet auch hier die schwierig-
sten talmudischen Materien, ohne dazu auch nur die
nothwendigsten Bücher zu haben, über deren
Mangel er klagt. Hauptsächlich scheint er sich hier mit
Wiederholungen beschäftigt zu haben, um seine vor
der Haft niedergeschriebenen Werke und Entscheidungen
einer nochmaligen genauen Prüfung zu unterziehen. Daher
sehen wir ihn im Gefängnis sehr häufig von seinen früheren
Texterklärungen und gesetzlichen Entscheidungen abkommen
und zu anderen, oft den ersten entgegengesetzten Resultaten
gelangen[1]. Diejenigen aber, die einst persönlich seinen
Vorträgen gelauscht hatten, und jetzt nur schriftlich mit
ihm verkehren konnten, entbehrten seine mündlichen

---

[1] Vgl. הנחת סיימיני zu תפלה .ה, Abschn. 14: ובן היא רגיל לעשות
בסמבל איניושהיים היתה מי. רבני לדברי ואפר לי שחזר בי . . . .
שוב חזר בי סהרים וצ'ל ק. Respp. zu Maim. N. 31: ספר קנין מן הפבוני ההוא
במקצת זיל אשר בתב בסמבל איניושהיים . . . ואף על פי שלא קבלתי
סרבותי חילנק, יבן דני עד עכשיו בדברי רבותי חזורני בי . . . . ferner
ולאחר זמן בהיותי תפיס בסמבל אנוושהיים חזר בו ובי'ל 6 .V אהלות zu ת"ים
Das. VI, 5: מהרים היה סבריש סתחלה נב בענין זה ובסמבל חזר בו ובסרש
ולי סהרים ביתל שני . . . . . . ובסמבל בתב זיל ביתל das. VII, 1: ובתב
שניות, das. VII, 2 וסהרים חילק בין שפיד לאדם דבאדם לא יבטבל מי דהבא
סיי. Von seinen Wiederholungsstudien in der Haft ist ausdrücklich
die Rede in Hag. Maim. zu שבת .ה Abschn. 19 מבאן אבר סהרים בתשובה
. . . . . ושיב קבע תשובה זו בסמבל איניובשהיים בחדושי

6

Belehrungen so schwer, dass sie ein Heer von Anfragen an
ihn ins Gefängnis sandten. Eine solche Unzahl von Fragen
sendet an ihn einmal ins Gefängnis A b r a h a m b. Eliezer
H a l e w i und schliesst sie mit folgender originellen Entschuldigung: „Möge Dir dies nicht zur Last sein, denn
T h o r a ist es, in der ich der Belehrung bedarf. Betrachte
und behandle dies daher so, als wenn ich v o r d i r lernte,
wo ich dir n o c h v i e l, viel m e h r M ü h e gemacht
h ä t t e"[1]). Nichtsdestoweniger bestätigt ihm R. M. in der
Antwort, dass er ihn mit seinen v i e l e n F r a g e n s e h r
e r m ü d e t habe[2]).

So lernte und lehrte R. M. auch in der Haft mit demselben bewundernswerten Fleisse und derselben beharrlichen
Unverdrossenheit wie früher. Das ihn im Alter getroffene
harte Los hat keine Verbitterung in ihm erzeugt. Wol
schmerzt ihn der Gedanke, ein Bewohner des Gefängnisses
zu sein[3]), aber er glaubte nicht, dass er sein Leben dort
beschliessen werde; er trug sich vielmehr mit der Hoffnung,
aus dem Gefängnis herauszukommen und in der Freiheit
seine volle u n e i n g e s c h r ä n k t e Lehrthätigkeit wieder

---

[1] יאל יהי לך למשא כי תורה היא וללמוד אני צריך וראה ועשה כאילו
הייתי ליסד לפניך והייתי מטריחך יתר ויתר (Respp. zu Maim. ספר קנין, N. 32).
Vgl. eine ähnliche Entschuldigung von תשי מהריל in סיינשטרלין N. 157.

[2] שאד הטרחתני בשאלות (das. N. 39.) וללארש לך כל דבר ודבר מי יוכל
(das. 40.) Die Responsen. NN. 32—40 das. sind an diesen Respondenten
gerichtet, der als unermüdlicher Fragesteller über jeden einzelnen der
vorgebrachten Punkte den a l l e r e i n g e h e n d s t e n Bescheid von R. M.
verlangt, dem er schreibt: והמדיעני מה אתה דן בה ואין מציה גדולה מזו
להמסיד העולם על הדין ועל האמת לכן התחל תשובתך מעבר הפסק דין ובאר
לנו צדדים וצירי צדדים . . . . . . ועליך אין לפקפק ולהרהר כי כל מה
שתפסיק פסיק וחתים (N. 32)

Aus N. 35, erfahren wir, dass R. M. einen Commentar zu נדרים
verfasst hat, der zur Zeit seiner Haft im Besitze seines „Genossen"
Jizchak aus Göttingen war. עין בפירשתי בנדרים והם ביד
חברינו הר יצחק מנוטינגן ול ואין פנאי לכתוב לך כל זה האורך שלא
לצורך (N. 35.) Das ול lässt sich hier nicht gut zusammenreimen mit
dem והם ביד und dürfte, wie oft, auch hier falsch sein.

[3] Vgl. das schon einmal angeführte סבור הסורה אליך in Respp. z.
Maim. ס' קנין. N. 32, und das העני הנשבח מכל טוב אסקיוא הנדרסת, das seine
in der Haft geschriebenen Gutachten zumeist bei der Unterschrift haben.

aufnehmen zu können. Bestärkt in dieser Hoffnung durch das Bewusstsein seiner Unschuld, in erster Linie aber durch sein festes Gottvertrauen, schliesst er einmal sein Schreiben an einen Schüler mit folgenden ergreifenden Worten hoffnungsvollen Gottvertrauens: „Meine Commentare zu Seraim und Taharoth will ich gerne, wie ich hinauskomme in Frieden, mich bemühen, dir abschreiben zu lassen. In meiner Haft vergass ich meines Schöpfers nicht und hieng treu seiner Lehre in Ehrfurcht an. Die Edlen aber mögen erschauen die göttliche Huld, und das goldene Kleinod möge ferner nicht verdunkelt werden"[1]). Getragen von solch frommen Gefühlen, gab er sich in der Haft ausschliesslich dem heiligen Gesetzesstudium hin, in dem er ganz auffging. Die Religionswissenschaft bildete seine Welt, der sein ganzes Denken, Sinnen und Trachten so ununterbrochen gewidmet war, dass sie ihn auch im Schlafe nicht verliess. Welches Wunder, wenn die von allen Seiten an ihn ergangenen Fragen auch in stiller Nacht auf einsamem Lager seinen Geist umschwebten, dass er auch in Träumen Entscheidungen traf, die er fest in sich aufnahm und dann beim Erwachen niederschrieb. Wenn er daher eine Entscheidung auf „den Herrn der Träume" zurückführt[2]), so berechtigt uns dies durchaus

---

[1]) וספי זרעים וטהרות שלי לכשאצא לשלום אטרח ברצין שיהו מועתקים לך ובתחיסתי את בוראי לא שכחתי ובתירתו ויראתי דבקתי והמתנדבים יחזו את עם. ה' בנועם וכתם וזהב לא יועם תושקט אתה וכל ביתך בכל עם. (Ed. Lemb. N. 151.) Das Resp. scheint an Ascheri gerichtet zu sein. In dem והמתנדבים יחזו את ה' בנעם dürfte eine Anspielung liegen auf jene opferwilligen Kreise, die bereit waren, das hohe Lösegeld für R. M. zu erlegen; wie das וכתם וזהב לא יועם sicher besagen soll, dass ferner keine Verhaftung grosser Männer in Israel vorkommen möge.

[2]) ספי בעל החלום בסגרל אינוינשהיים ..... נראה לי הלכה למעשה כמו שהוכחתי ספי בעל החלום עכ"ל אשר כתב בחירושיו בפרק האוסנין בסגרל אינוינשהיים (Respp. zu Maim. ספר קנין, N. 31.) Besonders ist hiebei zu beachten, dass er diese im Traume getroffene Entscheidung auch in seine Novellen ausdrücklich nur als Traum-Entscheidung eingetragen hat. Dem Leser war dadurch nur Anlass gegeben, die Richtigkeit der Entscheidung um so eingehender zu prüfen, und R. M. zeigt, dass er die eingehendste Untersuchung dieser Traumschöpfung nicht fürchte. Vgl. Mard. zu בבא קמא I. 1., ולמורי רבינו מאיר ני בחלום.

nicht, R. M. zum Mystiker zu stempeln, vielmehr haben
wir darin nur die Folge eines natürlichen psychi-
schen Vorganges zu erkennen.

So war das heilige Gesetzesstudium sein Trostengel,
der ihm aus dem reichen Meere des Talmud erfrischende
Gedanken gespendet, die seinen Geist aufrechthielten, dass
er mit seinen mächtigen Schwingen die Kerkerpforten durch-
brach und dadurch ihn vergessen liess, dass sein Leib von
engen Kerkermauern eingeschlossen ist.

Als aber wider Erwarten Jahre dahingegangen waren,
ohne dass seine Hoffnung sich erfüllt hätte, da fing ihm
endlich doch an, die Haft zu lange zu dauern, und er klagt
am Schlusse eines Schreibens aus Ensisheim seinem Schüler
Ascheri wehmuthsvoll: „Tossaphot zu Gittin und Ritual-
werke habe ich in diesen Räumen der Oede nicht, und so
schrieb ich all diese Worte nieder, wie sie mir vom Himmel
eingegeben wurden. Sollte man aber finden, dass die Tossa-
photh und Ritualcodices in irgend einem Punkte gegen
mich entscheiden, so ist meine Ansicht als nichtig zu betrachten. Denn was kann wissen ein Elender, der in der
Finsternis wohnt unter Todesschatten und nicht des Lebens
Ordnung hat jetzt schon $3\frac{1}{2}$ Jahre, der im Elend von allem
Guten vergessen ist, eine getretene Schwelle, die einst
genannt wurde: Meir b. Baruch"[1]).

---

[1]) סיסטי (תוסטי richtig ‪.H. Amst. II‬ ‪Berl‬ ‪.ed‬ ‪RGA.)‬ ‪ניסין אין בידי‬
‫ולא ספרי פסקי באריץ הנגב ובתבתי‬ ? ‪(:וכתבתי)‬ ‪(.viell‬ ‫כל אלה הדברים באשר‬
‫הראיני מן השמים ואם יצא שהתיש וספרי הפוסקים חולקים עלי בשום דבר דעתי‬
‫סבוטלת להם כי מה לעני יודע שיישב חישך צלמות ולא סדרים זה ג' שנים ומחצה‬
‫העני הנשכח סבל טובה אסקנא הנדרס דנקרא בשבבי מאיר בר ברוך ולהיה‬
(Respp. z. Maim. הלכות אישות, N. 30 Vgl. RGA ed. B. l. c).

Wegen des leicht zu missdeutenden הנקרא בשבבי sah ich mich
veranlasst, einen eingehenden Aufsatz unter dem Titel: „Der Ausdruck
בשבבי bei den talmudischen Schriftstellern des Mittelalters" in Rah-
mers Litteratur-Blatt, Jahrg. XXI. N. 2, zu veröffentlichen, den ich
zum richtigen Verständnis des mit הנקרא בשבבי ausgedrückten Sinnes
hier im „Anhang" wörtlich als „Excurs II" folgen lasse. Hier sei der
Kürze halber nur so viel gesagt, dass auch darin nur eine Anspielung
auf sein damaliges düsteres Geschick liege und den traurigen Vergleich
anstelle zwischen einst und jetzt.

Aus diesen Worten, in welchen der vom Schicksal so
hart geprüfte grosse Mann sein jahrelanges ödes Kerkerleben
dem treuen Freund und Schüler so schwarz ausmalt, weht
der Geist tiefster Schwermuth uns entgegen. In diesen
schmerzerfüllten Ton klingt der Schluss seiner Briefe aus
dem Gefängnis gewöhnlich aus. Ob R. M. auch da noch
Hoffnung auf Befreiung hegte? Sicher ist jedenfalls, dass
die zweiten vierthalb Jahre der Haft seine Seele noch
tiefer niedergebeugt, seinen Lebensmuth noch mehr gebrochen
haben werden als die ersten. Der Hoffnungsstrahl, der An-
fangs noch im Kerker ihm geleuchtet hatte, wurde allmälig
schwächer, bis er endlich seinen letzten Schimmer schwinden
sah. So von aller Hoffnung verlassen, sah der einsame greise
Thurmbewohner dem Tode als Befreier entgegen, der am
19. Ijar 5053 ihm Erlösung und das himmlische Licht der
Ewigkeit gebracht, den Juden aber ihr „grosses Licht" ge-

Da damals die Haft — wie genau angegeben ist — schon 3¹₂
Jahre gedauert hatte, so muss dieser Brief geschrieben worden sein
etwa im שבת 5050 = Ende 1289 oder Anfang 1290; denn vom 4.
Tammus 5046 bis zum שבת 5050 sind genau ה'. ז' שנים וסחצה.
Gelegentlich bringe ich hier die Lösung einer schwierigen Stelle
in den Responsen des Chajim Or Sarua zur Beurtheilung vor den
Forscher. N. 229 behandelt folgenden Fall. Die Bürger einer Stadt
hatten sich gegen König Rudolf empört (סרדו: במלך רודאלף) weil er
ihnen eine Steuer auferlegt hatte, die sie früher nie gezahlt hatten.
Nach Bewältigung des Aufstandes, zwang sie der König, 400 Mark,
die er einem Juden schuldete, diesem zu zahlen. Sie verpflichteten
sich, diese Schuld in 4 Jahresraten zu zahlen. Die erste Rate sollte
gezahlt werden במרחשון שנת נביל. Diese erste Zahlung leisteten sie
beim Leben des Königs, dann starb der König. (ועתה. פרעו פרעין הראשון:
בחיי המלך ואז מת המלך. Cheschwan 5100 (נביל) ist = October-November
1339, da regierte aber Ludwig der Baier, nicht Rudolf. Auch starb das
Jahr darauf, d. i. vor Cheschwan 5101=1340 kein deutscher König. Ich
lese daher nicht נביל, sondern אביל, also Cheschwan 5051=1290, wo Rudolf noch lebte. Das Jahr darauf, 15. Juli 1291, starb Rudolf, also vor der
zweiten Zahlung, die im Cheschw. 5002 = Octob.-Nov. 1291 erfolgte.
So stimmt Alles genau. Grätz. Gesch., VII. S. 185. Anm. bringt den
Anfang des Responsums, ohne das darin gegebene widerspruchsvolle
Datum auch nur zu berühren.

nommen und den Himmel der jüdischen Wissenschaft in tiefste Trauer und Finsternis gehüllt hat.

Die Beantwortung der Frage, in welchem Alter R. M. starb, hängt von der Bestimmung seines Geburtsjahres ab. Frankel[1]) lässt ihn „etwa 1230", ebenso Grätz[2]) „um 1230" geboren sein. Gross lässt ihn ein mal „um 1230 bereits im Knabenalter stehend, in Würzburg der Schüler Isaks aus Wien sein"[3]), ein andersmal lässt er ihn „ungefähr 1223" geboren und „um 1235" in Würzburg sein[4]). Bei der Bestimmung seines Geburtsjahres sind folgende Punkte ins Auge zu fassen. Dass er ein hohes Alter erreichte, sagt eine Quelle mit vollster Bestimmtheit[5]). Es wird aber auch in einer 1297 angelegten Märtyrerliste eine Tochter R. M.s mit dem Attribute „die Alte" genannt[6]). Ferner wissen wir, dass er spätestens 1284 eine Enkelin ausgeheirathet hat, die im ersten Jahre ihrer Ehe kinderlos gestorben ist, und dass man ihm, nicht ihrem Vater, die Mitgift zurückgegeben hat, weil er (R. M.) sie ihr gegeben hatte[7]). Beides, die Verheirathung wie die Rückgabe der Mitgift, kann nur

---

[1]) Entwurf u. s. w, S. 51.

[2]) Gesch. VII. S. 170.

[3]) Frankels Monatschr. 1871, S. 257.

[4]) Grätz's Monatschr, 1885, S. 375.

[5]) Schalscheleth, l. c. רבינו מאיר מרוטשבורג הנקרא מהרם היה בדור הזה זקן מופלג.

[6]) Im Memorbuch von Pfersee, einem Auszug aus dem 1297 angelegten Mainzer Memorbuch: דף ע"ב מרת רבקה הזקינה בת האשל הגדול מורינו ורבינו מאיר מרוטשבורג (Mtsschr. 1873, S. 513). Wollte man auch mit הזקינה nach dem alten זקן זה שקנה חכמה den Sinn: die (durch Wissen) Ehrwürdige verbinden, so konnte man ihr doch nur dann dieses Epitheton beilegen, wenn sie auch an Jahren alt war.

[7]) Respp. zu Maim. הלכות אישות, N. 26: ומורי איסר שמחזירין לסי שנתן הסתון יכן עשה מעשה בשנגסטר: נונת: מרת רחל תוך שנתה ומורי נתן הגדונינא והוצרכו להחזיר לו מה שנתן ולא לאביה. Zunz, Literaturgeschichte, S 358, hat diese Stelle missverstanden, wenn er einfach schreibt: „Eine Enkelin Rahel starb im ersten Jahre". Hier handelt es sich nicht um die Mitgift der Tochter, sondern um die Mitgift der im ersten Jahre ihrer Ehe verstorbenen Enkelin, wie das ולא לאביה klar und deutlich zeigt.

vor seiner Auswanderung, beziehungsweise vor der Verhaftung
gewesen sein. Endlich besagt eine Quelle nicht undeutlich, dass
sein Schwiegersohn noch beim Leben R. Baruchs, also vor
1276, dem Todesjahre des letzteren, eine zweite Tochter
verlobt hat[1]). Ziehen wir noch in Betracht, dass er auf die
1244 in Frankreich stattgefundene Talmudverbrennung die
in die Liturgie für den 9. Ab aufgenommene Zionide שאלי שרופה
verfasst hat[2]), deren ganzer Ton den Augenzeugen des be-
klagten Ereignisses erkennen lässt, so spricht Alles dafür,
sein Geburtsjahr höher hinaufzurücken, und es spricht
Nichts dagegen, etwa 1215 als sein Geburtsjahr anzunehmen.
Er hätte sonach ein Alter von ungefähr 78 Jahren (1215—1293)
erreicht. In Würzburg kann er etwa 1225 als zehnjähriger
Knabe gewesen sein, und bei der Abfassung der Zionide
stand er im Alter von etwa 30 Jahren.

VII. Capitel.

Bestattung.

Mit dem Tode R. M.s ist dessen Geschichte noch nicht
zu Ende. Es sollte sich auch nach seinem Tode noch ein
trauriges Capitel in seiner Geschichte abspielen, das erst
den Schlussact dieser historischen Tragödie bildet. Der Tod
des grossen Mannes im Gefängnis nach siebenjähriger un-
verschuldeter Haft hat nicht etwa — wie man glauben
sollte — versöhnend auf die Regierung gewirkt, um ihn

---

1) Respp. ed. Lemb. N. 229. ויחתני יבוא שם בעיש ויברות עסך
ברית חדשה. שלא תסום ואתה וכל אשר לך שלום בנסש סאיר בר׳ בריך
ר׳ים. Vielleicht handelte es sich um die Verlobung der zweiten
Tochter, beziehungsweise Enkelin, mit dem Manne der verstorbenen
ersten Tochter, beziehungsweise Enkelin Rachel. Dann giebt das
ויברות עסך ברית חדשה שלא תסום erst einen prägnanten, guten Sinn.
Man wollte damit auch am einfachsten die strittige Angelegenheit
wegen der Mitgift der Verstorbenen ordnen. Zunz l. c. las hier nur heraus,
dass R. M. „noch bei seines Vaters Lebzeiten eine Tochter verheirathet
hatte," was nichts Ungewöhnliches wäre, nach uns aber hätte sich
seine zweite Enkelin beim Leben seines Vaters verlobt.

2) Grätz, Gesch. VII, S. 107. Vgl. das. Anm. 3 und Note 5.

von seinen Angehörigen, Schülern und Verehrern wenigstens
würdig bestatten zu lassen, sondern scheint die entgegengesetzte Wirkung hartherziger Unversöhnlihkeit bei ihr her-
vorgebracht zu haben. Bis zu seinem Tode mochte sie die
Hoffnung nicht aufgegeben haben, durch die lange Dauer
der Haft endlich doch seinen sittlichen Heldenmuth zu
brechen, seinen festen, unbeugsamen Charakter zu erschüt-
tern und so zuletzt aus seiner erbetenen Enthaftung einmal
noch ein grosses Auslösungscapital herauszuschlagen. Als
sie aber durch seinen Tod in dieser Hoffnung sich getäuscht
sah, wollte sie ihre Rache noch an der entseelten Hülle
des Mannes ausüben, der sie durch die beharrliche Ableh-
nung seiner Auslösung um das ihr angebotene hohe Lösegeld gebracht hatte. Zu diesem Rachegefühl gesellte sich
noch bei ihr die neue Speculation, sich durch das Zurück-
halten der Leiche schadlos zu halten, indem die Juden
gewiss auch die ihnen theuere L e i c h e ihres gefeierten
Lehrers gerne auslösen werden; und so verweigerte man
ihre Auslieferung und hielt sie unbestattet im Gefängnis
zurück.   .

Dass die jüdischen Gemeinden die grössten Anstreng-
ungen gemacht haben werden, um von der Regierung die
Erlaubnis zu erwirken, die Hülle R. M.s auf einem ihrer
Begräbnisplätze bestatten zu dürfen, können wir bei der
unter den Juden allgemeinen Heilighaltung dieser uralten
Pietätspflicht mit vollster Sicherheit annehmen, wenn uns auch
die Quellen h i e r ü b e r Nichts berichten. Doch alle dies.
bezüglichen Bemühungen blieben unter der Regierung Adolfs
von Nassau erfolglos. Adolf fiel in der Schlacht bei Göllheim
f ü n f Jahre nach dem Tode R. M.s, und dieser hatte noch
immer keine Grabstätte gefunden. Auch unter Albrecht waren
neuerdings über a c h t Jahre dahingegangen, und die Leiche
des unglücklichen Rabbiners lag noch immer unbestattet
im Gefängnis. Die Trauer der jüdischen Gemeinden muss
darüber noch grösser gewesen sein als über das Hinscheiden
R. M.s, was man als unabänderliches Naturgesetz hinge-
nommen hatte. Die Bemühungen zur Auslösung der Leiche

wurden darum ohne Zweifel ununterbrochen weiter fortge-
setzt. Denn die lange Flucht der Jahre seit dem Tode R.
M.s hat den Eifer für seine würdige Bestattung keinesfalls
erkalten lassen, sondern umgekehrt, hat ihn gewiss nur erhöht.
Endlich im Jahre 1207, dem vorletzten Regierungsjahre
Albrechts, wo dieser wahrscheinlich viel Geld zu seinen
vielen Kriegen in Thüringen brauchte, wurde das Auslösungswerk durchgeführt und die Leiche R. M.s im 14. Jahre
nach dessen Tode aus dem Gefängnis nach Worms gebracht
und dort am 4. Adar 5067=1307 bei seinen Vätern
begraben, wo sich noch heute der ihm gesetzte Grabstein
mit dem unten folgenden Epitaph befindet[1]). Einem Einzelnen

---

[1]) Das Epitaph lautet nach Lewysohn נפשות צדיקים: S. 35. N. 21:

מהרם . . רבנא מאיר מע
ציון הלז לראש מרנא
ורבנא מאיר בן הר' רבי
ברוך אשר תפשו מלך רומי
בארבע ימים לירח תמוז שנת
ארבעים ושש לאלף הששי
ונפטר בתפיסה יט באייר
שנת המישים ושלש ולא ניתן
לקבורה עד ארבע ימים לירח
אדר שנת ששים ושבע לאלף
הששי תהא נפשו צרורה
בצרור החיים עם צדיקי עולם
בגן עדן א"א סלה.

Bemerkenswert ist, dass dem Namen hier nicht beigefügt ist:
מרישבורג. Blogg in seinem ספר החיים fünfte Auflage. Hannover 1875, S.
317, hat zwar: לראש מרנא ורבנא מאיר בן הר' רבי מרישבורג (dort verdruckt) in:
ציון הלז לו) wir dürfen aber seinem ganzen Bericht hierüber
gar kein Vertrauen schenken. Gibt er ja dort, was schon Lewysohn
a. a. O. bemerkt, den Bericht des Minhag-Buches über die ganze
Begebenheit R. M.s fälschlicherweise für das Epitaph R. M.s
aus. Ebenso falsch ist, wenn er schreibt, dass man „die Grabstätte des
Rothenburgers lange Zeit nicht hatte auffinden können", bis sie der
Wormser Rabbiner Jakob Koppel Halewi (Bamberger) „nach langem

war es beschieden, dieses hochherzige Werk zu Ende zu
bringen; und die dankbare Nachwelt hat uns in steinernem und
schriftlichem Denkmal auch den Namen dieses edlen Mannes

Suchen endlich ganz unerwartet beim Hinausgehen am Eingange
des Gottesackers gefunden hat." Ich entnahm aus einem höchst glaub-
würdigen Bericht, dass auch in früherer Zeit die Grabstättte
sammt Grabstein R. M.s bekannt waren, woselbst fromme Gebete
verrichtet zu werden pflegten. Der bereits erwähnte Metzer Rabbiner.
Ahron Worms (st. 2. Mai 1836) erzählt in seinem Werke בן נין,
S. 77 a: ובעיד וירמש התפללתי על קברו (של מהרים) המצויין שם בסדור
בס"ע עם ארגם שלו ופמוך לקבר מהריל ציון בס"ע שלשתן נשארי
סעסד המצבות לזכרון סקוסס ושאר הסקום פני סבלי שעיבת עור עוד
לכבוד צדיקים אלו והכתב ב סטושטש על המצבה ורבים נובוכים בשם
הפרנס ואני קריתי המעשה בכתב ישן נושן מזמן ההוא . . . . ונם להדיא שם
הפרנס ויסקינד וייסמן סמ"ד. Dieser Bericht stimmt in allen Einzelheiten
genau überein mit den Angaben Lewysohns über diese drei Gräber.
Bamberger hat also im Verein mit Lewysohn die verwitterte Grabschrift nur genauer entziffert.

Das hier gegebene Beerdigungsdatum hatte auch Gedalja in
einem קונטרס ישן gelesen. Wenn dagegen abweichend im Minhagimbuch
nach L. der 4. Ijar 5066=1306, nach Ahron Fuld im שהיג, ed.
Frankf. l. c. der 4. Ijar 5063=1303, übereinstimmend mit der handschriftl.
Randglosse bei Carmoly a. a. O. und, nach Prof. Kaufmanns brieflicher
Mittheilung, auch in dem handschriftl. Minhagim-Exemplar der Breslauer
Seminarbibliothek als Beerdigungsdatum angegeben ist, so verlieren
diese Angaben gegenüber dem authentischen Zeugnis des Grabsteins
jeden Wert. Ausschlaggebend jedoch ist für mich der Umstand, dass
im Epitaph das Beerdigungsjahr in Worten (וששים ושבע), in allen
abweichenden Quellen aber nur in Buchstaben angegeben ist. In
den letzteren wurde das Datum ס"ו leicht in ס"ג, beziehungsweise in
ס"ג verwechselt, wie auch אדר leicht in אייר verwechselt werden konnte.

Ob die erste, hier durch grösseren Druck hervorgehobene Zeile:
מהרם . . רבנא מאיר סע die richtige Entzifferung ist, möchte ich sehr
bezweifeln. Es leuchtet mir nicht ein, dass in einer Zeile der Name
zugleich abbrevirt und auch ausgeschrieben unmittelbar neben-
einander vorkommen soll. Die Bedeutung der zwei Punkte zwischen
diesen zwei Schreibarten seines Namens bei L. kenne ich nicht. Vielleicht bezeichnen sie eine Lücke, entstanden durch das Ausfallen der
zwei Buchstaben בב (בר ברוך). Das סע am Schlusse der ersten Zeile
ist das abbrevirte סניחתו עדן. Bemerkenswerth ist endlich, dass im
ganzen Epitaph von einer stattgefundenen Auslösung der Leiche Nichts
erwähnt wird.

erhalten, der sein grosses Vermögen für diesen heiligen
Zweck geopfert hat. Dieser Mann, der für dieses nach
Lewysohn „nicht ohne persönliche Gefahr" durchgeführte
Werk ein goldenes Blatt in der Geschichte der Juden und der
Humanität verdient, war A l e x a n d e r b. S a l o m o, mit dem
Familiennamen W i m p f e n, aus Frankfurt am Main, dessen
hochsinnige Frömmigkeit auch aus seinem letzten Wunsche
hervorgeht, der nur darin bestand, nach seinem Tode seine
Grabstätte an der Seite R. M. finden zu dürfen. Dieser fromme
Wunsch sollte ihm bald in Erfüllung gehen. Am nächstfolgenden
Versöhnungstage des Jahres 5068=1307 starb er, und am Tage
darauf, 11. Tischri wurde er in Worms an der Seite R. M.s
begraben. Auch s e i n Grabdenkmal, das nach Lewysohn
S. 41 „dem des Meir an Farbe und Form ganz gleich ist",
hat sich daselbst bis zum heutigen Tage neben dem des
R. M. erhalten, und sein hier unten folgendes Epitaph bildet
eine Ergänzung der im vorherigen Epitaph gegebenen Daten
für die Beerdigungsgeschichte R. M.s[1]).

---

¹) Dieses Epitaph lautet nach L. S. 39—40, N. 22:

המצבה הזאת חוצבה
והוצבה לראש הנדיב
ר׳ אלכסנדרי בר שלמה ונפ׳
ביום צום כפור ביוד ונקבר יום
אחד עשר בתשרי ששים ושמונה
לאלף הששי אשר מלאו לבו
והשם אינה לידו לעשות מצוה רבה
ולפדות את מודינו רבינו מאיר
בן הרב ר׳ ברוך מכלאו אשר היה תפום
אחרי מותו כמה שנים: . . . .
הנדיב ופודאו . . . . . קבר בציון
. . . . . רצון שישים בצידו
בישיבת נינת ביתן עם צדיקי
עולם אאא סלה.

Die defecten Stellen sind hier g e n a u n a c h L. bezeichnet. L.
möchte in der zehnten Zeile ergänzen die Worte קם אשר עד, in der
elften etwa לי יהבין, was gewiss Jedem nur sehr einleuchtend ist. Anders

Der höchst auffallende Umstand, dass, wie wir schon in der vorletzten Note bemerkten, im Epitaph R. M.s von einer Auslösung seiner Leiche gar keine Erwähnung geschieht,

steht es mit seiner vorgeschlagenen Ergänzung der defecten zwölften Zeile. Hier will er ergänzen „etwa אחרי יהגית", sonach hätte die Zeile gelautet: יהגית אחרי רצון שישים בצידי. Bei dieser Ergänzung aber schweben die zwei letzten Zeilen: בישיבת נית בית עם צדיקי עילם אאא סלה rein in der Luft ausser allem Zusammenhange mit dem Vorherigen. Denn es hätte doch keinen Sinn zu sagen: er habe den Wunsch hinterlassen, an seiner (R. M.s) Seite im Paradiese mit den Frommen der Welt zu weilen. Ich möchte darum ergänzen die Worte: יהי רצון, so dass die letzten drei Zeilen das Gebet enthielten: יהי רצון שישים בצידי בישיבת נית בית עם צדיקי עילם אאא סלה, was den guten Sinn giebt: wie hier seine Hülle neben der des R. M. ruht, so möge im Jenseits sein Geist bei R. M. im Kreise der Frommen weilen.

Lesen wir mit L.s Ergänzung in der elften Zeile: ונדבא והבי לו קבר בציין, so ginge daraus hervor, dass Wimpfen auch R. Meir's Grabstein selbst habe anfertigen lassen, dann wäre es freilich nur natürlich, dass dort das Auslösungswerk ganz verschwiegen wird. Vielleicht hat aber die Stelle gelautet: ושמני לי קבר בציין oder gar קבר בצידי anstatt בציין, dann wären in diesem Zusammenhange die drei letzten Zeilen erst recht sinnig: Wir haben ihm hier diesen Lohn gegeben, und Gott möge ihm oben den entsprechenden himmlischen Lohn spenden. Doch muss man den Stein sammt Epitaph aus Autopsie kennen, um hierin ein competentes Wort mitreden zu dürfen.

Schwer ist das ו conjunctivum im gekürzten Worte: ונס (ויגסמר): es hiess wahrscheinlich והגסמר, wie häufig in den anderen Epitaphph.

Den Vornamen „Süsskind" und den Familiennamen „Wimpfen" geben Minhagbuch und Carmolys Randglosse. Das Bresl. Minhag-Exempl. hat: ויסבן, daraus muss bei Blogg l. c. geworden sein: וייסק. Dass Wimpfen kinderlos war, muss L. nur aus dem נסים מעשה Buch haben. Dieses berichtet auch — nach L., — genau, dass Wimpfen 7 Monate und 6 Tage nach der Beerdigung R. M.s gestorben ist, was wieder die Richtigkeit des im Epitaph R. M.s angegebenen Beerdigungsdatums erweist: denn vom 4. Adar 5067 bis zum 10. Tischri 5068 sind genau 7 M. 6 T. Warum aber L. S. 41 gerade ein Schaltjahr dazu braucht, um diese 7 M. und 6 T. herauszubekommen, sehe ich nicht ein. R. M. kann auch in einem gemeinjahr (פשוטה שנה) gestorben sein, dies ändert ja an der Länge der Zwischenzeit der beiden Daten gar nichts.

Aus dem אצלי שביתי קנה des Minhagbuches ginge endlich hervor, dass W. sich den Platz zu seinem Grabe neben dem des R. M. gekauft hat, dies würde noch mehr, empfehlen, die elfte Zeile zu

lässt sich nur dadurch erklären, dass dies auf den ausdrückli-
chen Wunsch des Alexander Wimpfen geschehen sein muss,
was wieder ein schönes Zeugnis von seinem mit Bescheidenheit gepaarten Edelsinn giebt. Daraus gienge dann wei-
ters hervor, dass der Grabstein R. M.s noch beim Leben
Wimpfens, der ja nur um sieben Monate später als ersterer
starb, gesetzt wurde. So lange der edle Wohlthäter lebte,
liess es seine Bescheidenheit nicht zu, dass vom ganzen
Auslösungswerk überhaupt auch nur ein Wort in Stein ge-
graben werde. Erst auf den Grabstein des bescheidenen
Mannes schrieb es die dankbare Nachwelt hin schon aus
dem Grunde, um darüber Aufklärung zu geben, warum und
wieso dieser nicht den Gelehrtenkreisen angehörende Mann
sein Grab auf dem Ehrenplatze an der Seite R. M.s gefunden hat.

Dieser tragische Abschluss der Geschichte R. M.s
erinnert uns an ein ergreifendes Wort, das er einst im
Gefängnis niedergeschrieben hat. In einer Mischna werden
die Erkennungsmerkmale bei äusserlichen Entzündungskrank-
heiten nach den verschiedenen Hautfarben der einzelnen
Menschenrassen angegeben, wo auch von der Durchschnitts-
farbe des israelitischen Volksstammes und von dem mit ihr
zusammenhängenden äusseren Symptome einer vorhandenen
Hautentzündungskrankheit die Rede ist. Dies leitet dort
R. Ismael ein mit den Worten: „die Kinder Israel, ich sei
ihr Sühnopfer"[1]). Dazu bemerkt nun u n s e r R. M. „Weil
hier von einer etwaigen, Israel heimsuchenden Krankheit
die Rede sein soll, darum schickt R. Ismael aus Liebe zu
Israel diese Worte voran, mit welchen er sagen will:
„Nichts Böses soll sie heimsuchen, lieber will ich ihr Sühn-

---

ergänzen durch קבר לי הקמה: קבר בצירו oder בצירו: und es auf das Grab
W i m p f e n s, (לב=sich) n i c h t auf das R. M.s zu beziehen. Denn W.
hat sicher nur die Auslösungssumme erlegt und die Leiche nach Worms
gebracht, aber nicht auch das Grab für R. M. erworben. Diese Ehren-
pflicht liess sich die Wormser Gemeinde gewiss nicht nehmen.

[1]) רי ישטעאל אטר בני ישראל אני כפרתן (Negaim II, 1).

opfer sein"[1]). So commentirt nur ein Mann, der selbst aus
Liebe zu Israel sein eigenes schweres Schicksal willig trug
und lieber im Kerker starb, um erst 14 Jahre nach dem
Tode durch den Edelmuth eines Einzelnen seine letzte Ru-
hestätte zu finden, als seine Freiheit durch die ohnedies
schwer gedrückten jüdischen Gemeinden um eine hohe Summe
erkaufen zu lassen. Man vergleiche dagegen die hier unten
gegebenen übrigen Mischnacommentare zu dieser Stelle[2]).

Ehe wir von diesem Capitel scheiden, sei noch Folgendes erwähnt. Ahron Worms spricht in seinem mehrfach
erwähnten „Ben Nun" auch von der in unserem ersten
Capitel behandelten Stelle bei Ascheri über das Benehmen
R. M.s gegen seinen Vater R. Baruch. Er will der ganzen
Erzählung gar keinen Glauben schenken, auch nicht
in Bezug auf den von Juchasin eines solchen Benehmens
beschuldigten Meir Abulafia „denn man habe nie gehört,
dass jemals irgend ein grosser Mann sich derart benommen
hätte". „Wollte aber doch Jemand der Erzählung Glauben
schenken" setzt er fort, „dann wäre allerdings die Erklärung
für das bekannte unglückliche Ende R. M.s gefunden; denn
Gott nimmt es genau mit seinen Frommen und geht mit
ihnen streng ins Gericht"[3]).

---

[1]) כתב מהרים נראה לי לפי שרצה להוכיר נגע צרעת בישראל נקט
(Toss. דאי לישנא אני כפרתן כלומר כל רע לא תאונה להם ואני כפרתן ע"כ
Jomt. z. St.).

[2]) Maimunis Mischna-Commentar bemerkt z. St.: הוא מאמר יאמר אותו
ראשר לרוב אהבתו כאשר זכר שווי מראיתי הגדיל חסדו להן ואמר אני
כפרתן. Darnach bestimmte die schöne Farbe des israelitischen Stammes
den R. Ismael zu diesem Ausruf der Liebe für Israel. Simson aus Sens
bemerkt in seinem Comment. gar nichts zur Stelle.

Nur Ascheri sagt in seinem Commentar z. St.: שאהבת בני ישראל
אסר אני כפרתן לפי שדבר בנגעים כלומר אתם ס בעונם לכל הגזור עליהם,
also genau so wie sein Lehrer, von dem er es sicher gehört hat. Der
hier gebrauchte Ausdruck אתם ס בעונם verräth die ursprünglichere
Fassung und berechtigt zu der Annahme, dass R. M. damit auf seine
Haft (רהיסה) angespielt hat, wo er ja seinen Comment. zu טהרות
ס verfasst hat.

[3]) קישטא אסינא דליכא נבוא רבה דקםבהד עליו דהא אסיי הראש
תלסידו סובהק לא ידע רק בלשון אסרו עליו זאת מילתא דעבידא לגלוי היל

Wer erinnert sich bei diesen Worten nicht an den frommen **biblischen** Dulder, dem in seinem schweren Unglück seine Freunde noch zurufen, er möge doch seinen Lebenswandel strenge prüfen, ob er nicht sein Unglück **selbst verschuldet** habe. Das eben ist die Frucht der falschen Auffassung der Tradition Ascheris, „dass sie fortzeugend immer Falsches muss gebären", um schliesslich im **Martyrium** R. M.s eine von ihm selbstverschuldete **Gottesstrafe** zu erblicken. So hat der grösste und treueste Schüler R. M.s in unklaren Köpfen unbewusst dessen Andenken nur verunglimpft. Wir aber blicken im **Geiste** Ascheri's in ehrfurchtvoller Bewunderung empor zu R. Meir, der in selbtloser **Bescheidenheit** durch das Leben wandelte und sich **selbst** zum unschuldigen Opfer für Israel bestimmt hat.

לסידע יבם היוחסין כתב זאת על ר״ם הלוי בן שידרוס ועל ר״ם סרטיב לא כתב
בליה ... וחזותא סובח סדהא ליתא הא נסי ליתא ילא שמענו מעילם בשים
נדיל שעשה כך ... ומאן יסר לשישת המאסין רקושסא הוא הקב״ה סדקדק
עם צדיקי במשה מטירתי במטיחסם. (S 77 a). Zum Ueberfluss sei hier noch erwähnt: dass Hag. Maim. zu הי תלמיד תורה, V. die Entscheidung Simchas aus Speier tradirt, dass der Lehrer sich nicht zu erheben habe vor dem Schüler, selbst wenn dieser noch so gelehrt ist. Darauf erzählt er: אסנב חוינא לסורי רבינו שעשה הדור לתלמיד אסילו לאיתם שאינם חשובים כילי האי. Diese Tradition des einen Schülers Meir Kohen zeigt uns deutlich, wie wir aufzufassen haben die Tradition des anderen Schülers Ascheri. Ein Mann, der als Lehrer auch gegen seine minderwürdigen Schüler bescheiden auftrat, kann nicht seinem gelehrten Vater gegenüber Hochmuth hervorgekehrt haben. Nach Kaufmanns brieflicher Mittheilung will Is. Loeb in Revue des etudes juives 20, p. 23 die lange Aussetzung der Leiche R. Ms. in der mittelalterlichen Gesetzgebung begründet finden, unter Hinweis auf Kohler, Shakespeare vor dem Forum der Jurisprudenz 1884, p. 19—20, wonach man die Leichen von Schuldnern im Allgemeinen unbestattet liess, so lange deren Erben nicht bezahlt hatten. Selbst eine solche Begründung vermag aber nicht das Martyrium R. Ms. abzuschwächen, denn er selbst hatte keine Schulden gemacht, er litt nur für die Schulden oder Schuld die man Anderen aufgebürdet hatte.

--- — —

VIII. Capitel.

Einiges über R. Meir's religiöse Richtung, über seine Nachkommen und Schüler.

Um ein möglichst treues Bild von der Persönlichkeit R. Meir's zu erhalten, müssen wir auch auf seine religiöse Richtung und Lebensweise näher eingehen. Haben wir ihn bisher in seinem äusseren Wirken als führendes Oberhaupt der deutschen Juden zu zeichnen versucht, so wollen wir jetzt noch einen kurzen Blick auf sein religiöses Denken werfen, dann bei seinen persönlichen Verhältnissen kurz verweilen, um uns zuletzt seinen Nachkommen und Schülern flüchtig zuzuwenden.

R. Meir's religiöses Denken wurzelt ausschliesslich im Boden des geoffenbarten Gesetzes, und die Erforschung seiner Quellen ist das unverrückbare Ziel seines gesammten umfassenden geistigen Schaffens. Im Gegensatze zu vielen hervorragenden Zeitgenossen hielt er sich noch ziemlich fern von der mystisch-abergläubischen Richtung. Thora und Talmud sind die zwei Lichtsäulen seiner religiösen Welt, die vom geheimnissvollen Dunkel der Mystik und des Aberglaubens ungetrübt blieb. Einige kurze Berichte über einzelne seiner Aeusserungen und Uebungen bestätigen uns dies.

Er schärft seinen Schülern den wichtigen Lehrsatz des Jerusalemischen Talmud ein: Man soll sich im praktisch-religiösen Leben nicht nach den Halachoth und nicht nach den Hagadoth richten, sondern nach dem Ergebnis selbstgetriebenen Talmudstudiums.[1]) Das Wissen ging ihm über

---

[1]) Taschb., n. 531: ירושלמי דסוף חגיגה. איר חני איר זעירא בשם שם. ר' שמואל אין סורין לא כהלכות ולא מהגדות אלא מן התלמיד. Die Stelle findet sich nicht ריף ס: חגיגה, sondern Ende des ersten Abschnittes von Chagiga, daselbst lautet sie: ר' זעירא בשם שמואל אין סורין לא מן ההלכות ולא מן האגדות ולא מן התשובות אלא מן התלמיד. In der Parallelstelle, Peah II, 6 heisst es אין לסדין. Das איר חני des Taschb., das Jerusch. nicht hat, dürfte hier auf das dittographirte חגיגה zurückzuführen sein. Nach unserer im Texte gegebenen Uebersetzung

Alles. So tradirt er seinen Schülern eine Jeruschalmi-Stelle
und den auf sie gestützten Ausspruch S a m u e l s aus B a m-
b e r g : es sei verdienstlicher, durch Geldspenden den Jugend-
unterricht zu fördern, als sie für Synagogenzwecke zu widmen.[1]) Die Sicherung des Wissens vor Vergessenheit machte
ihm solche Sorge, dass er sich mit peinlicher Genauigkeit
von dem fernhielt, wovon er jemals irgendwo gefunden hatte,
dass es nachtheilig auf das Gedächtnisvermögen einwirken
könnte. Er ass auch vom Geflügel nicht das Herz, weil er
besorgte, dass dies v i e l l e i c h t ebenso das Gedächtnis
schwächen könnte, wie der Genuss desselben von Säugethieren.[2])
Aus demselben Grunde legte er sich nie die Kleider unter
sein Kopflager.[3]) Gegen das Anbringen von Engelnamen
auf den Kuchen, die man damals den Schulknaben zu
schenken pflegte, um in ihren kindlichen Herzen Lust und
Liebe zum Lernen zu erwecken, hatte er Nichts einzuwen-
den, nur die Anbringung jener heiligen Gottesnamen, die nicht
weggelöscht werden dürfen, gestattete er nicht.[4])

------

dieser Stelle erscheint sie ganz klar. Unter התלמוד ist hier das Studium
verstanden, wie in dem bekannten Ausspruch תלמוד קודם למעשה,
Jerusch. פסחים III. Hal 7. R a s c h b a m zu בבא בתרא 130b und תי״ש
zu ברכות V. 4 haben in unserer Stelle ם הגמרא statt התלמוד ן,
ן¹) Ibid., N. 533: ירושלמי דורעים דב׳ מחני ליה לרב תיעא דבי
בנישתא דקא בני איל וכי לא הוה תמן בר אנש לסליק באריתא או חולים
מוטלים באושה קרא עליו הסקרא וישבח ישראל את עושהו ויבן היכלות
מכאן הביא הרב ר׳ שמאל סבניעב׳י ראיה שיותר טוב ליתן צדקה ללמוד נערים
סליתן צדקה לבית הכנסת. Es wird hier offenbar auf die Stelle in ישעה VIII,
9 hingewiesen, dort lautet sie aber nicht so. In שקלים V, 7 hingegen
finden sich z w e i Erzählungen, die hier im Taschb. in einander ge-
flossen sind. Das hier vorkommende חולים מוטלים באושה oder haben
b e i d e Jeruschalmistellen n i c h t. In den Respp. Pr. N. 692. wird
angefragt, ob man Geldspenden, über die man zu bestimmen hat, eher
zur Tempelbeleuchtung oder zur Krankenunterstützung verwenden soll,
und da wird mit Hinweis auf die Jeruschalmist. in שקלים der Krankenunterstützung der Vorzug gegeben. Da aber auch das Resp. den Passus
חולים מוטלים באושה in der Jeruschalmistelle n i c h t hat, so entfällt
ja der Beweis?!

[2]) Das. 558. [3]) Das. 287. [4]) Das. N. 416.

Auf die dem Reiche der Mystik entstammende Anfrage,
ob der Boden Palästinas seine Todten von den eschatologischen
Grabesleiden befreie, sahen wir ihn bereits oben[1]) die charakteristische kurze Antwort geben: Nichts hierüber zu
wissen. Dieser Ton verräth nur zu deutlich, dass er sich mit
mystischen Fragen überhaupt nicht befassen wollte.
Darum schnitt er sich auch, wie uns sein Schüler erzählt,
die Nägel nach der Reihenfolge der Finger ab,[2]) verbrauchte
und verwendete er Lebensmittel und andere Gegenstände
auch paarweise, ohne die Gefahr zu scheuen, die die Mystik
darin erblickt.[3])

Sein eifriges Wirken für eine feste Regelung des Lebens nach dem Religionsgesetze artete oben nicht, wie bei so
vielen damaligen Zeitgrössen, in blinde Schwärmerei aus. So
sah er nichts Unreligiöses im baarhäuptigen Gehen und nennt
das Vermeiden desselben: „Ueberfrömmigkeit".[4]) Während
Simson aus Sens nur bei einem Augenleiden, und auch da
nur, nachdem er sich das Gesicht bis zu den Augen ver-
schleiert hatte, in den Spiegel sah, gestattet R. M. in den Spiegel
zu sehen, so oft man sich den Bart stutzt oder stutzen lässt.[5])
Hat die Frau das Gelübde abgelegt, nicht zu tanzen, nicht
zu singen, keinen Gesang anzuhören, keine buntfarbigen
Kleider zu tragen: so sieht er darin ein für das weibliche
Wesen peinliches Gelübde, gegen das der Gatte berechtigt
ist, Einsprache zu erheben, das von ihm also gelöst werden
kann.[6]) Er gestattet den Gebrauch des Fächers am Sabbath
zur Vertreibung der Fliegen.[7]) Den Männern gestattet er
das Tragen eines gravirten Siegelringes am Sabbath.[8])
Ebenso gestattet er am Sabbath das Tragen eines sogenann-
ten Spielringes, d. i. eines hohlen Ringes, in dem durch
eine innere Vorrichtung Töne erzeugt werden,[9]) eines silber-

---

[1]) S. oben S. 61. A. 3. Vgl. auch בֵּ לֵּ בָּ S. 143. N. 127. [2]) Das.
557. [3]) Das. 550. [4]) Das. 547. [5]) Das. 542—543. [6]) Das. 414. Kolbo
S. 100 N. 88. [7]) Das. N. 59.

[8]) Das. N. 50. Vgl. dagegen Maimuni ה' שבת XIX. 4. und הלכות מאכלות
zu ה"ש, S. 143 b.

[9]) RGA., ed. L. N. 139, Hag. Maim. zu שבת ה' Cap. 23 und
Taschb. N. 61.

nen oder goldenen Schlüssels am Ende des Gürtels,[1]) zur
Oeffnung eines Schlosses; sowie er auch gestattet, am Sabbath
den Kindern jene Ketten um den Hals zu hängen, die man
sie damals tragen liess, zum Schutze vor einem bösen Blicke
(עין הרע).[2]) Beachtenswerth ist, dass er am Sabbath gestattet
das Zerbrechen von Strohhalmen, um mit ihnen die Zähne
zu reinigen[3]), sowie das Erbrechen des Schrankes, wenn der
Schlüssel in Verlust gerathen ist und man momentan die ein-
geschlossenen Gegenstände braucht[4]), wie er auch gestattet, am
Sabbath dem Pferde Zaum, Zügel und Halfter anzulegen und
es so ausführen zu lassen.[5]) Er spricht der Gemeinde das
Recht ab, einem apostasirenden Ahroniden, der reumüthig zu
seinem Väterglauben zurückgekehrt ist, die Ertheilung des
Priestersegens zu verwehren[6]). Als einst in Deutschland eine
Trauung vor zwei Zeugen stattgefunden hatte, die in nahem
verwandtschaftlichen Verhältnisse zu einander standen, gestattete er der Frau, ohne Scheidebrief von dem ihr Ange-
trauten, einen Anderen zu heirathen (ה' קדושין הגהות סב"ק S. 66ᵃ
u. Kolb. ה' אישות S. 86ᵃ n. 75). Endlich erzählt ein Zeitgenosse
des Jakob Mölln diesem, dass man ihm in seiner Kindheit
verboten habe, am Sabbath Etwas aus dem Fenster zu giessen,
worauf ihm letzterer erwidert: Wenn sich auch manche Kreise
an diese Erschwerung halten, so habe es doch R. M. gestattet,
und danach richte man sich allgemein[7]). Aus alldem spricht der

---

[1]) Hag. Maim. C. 19, zu ה"ש.

[2]) RGA. ed. L. N. 140, Taschb. N. 60.

[3]) Taschb. N. 29.

[4]) Hag. Maim. das. C. 23: מכאן הורה מהר"ם שאם נאבד מפתח
התיבה והיא צריך לפותחה לצורך השבת ישברנה לכתחלה ואין בדבר חשש
איסור Ed. L. 129, hat diesbezüglich: סבן הורה הר אליעזר.

[5]) RGA. ed. L., N. 440. Er geht hierin noch etwas weiter als
der Talmud B. Sabbath 51—52.

[6]) Hag. Maim. zu ה' תפלה, C. 15. Taschb. N. 196. Vgl. RGA.
ed. Pr., N. 2 und L. N. 409. S auch Kolbo, S. 143a.

[7]) אמר הר"ר איקא לפני מהר"י סג"ל שבינקותו סיחו בידו שלא לשפוך
מאומה בשבת דרך חלון אע"פ שהוא בעירוב ... א"ל גם אם יש נודעין חוסרא
p. 31 b.) ... בכך סי' מהרי"ל. ed. Warschau 1874, ס"ם מהר"ם התיר יבן עמא דבר

nüchterne Geist erwägender Gesetzestreue, und nicht ein von
Erschwerungssucht befangener Geist religiöser Schwärmerei.
Legt er sich aber eine Erschwerung auf, so verlangt er keinesfalls, dass sich auch Andere daran halten sollen, vielmehr
gestattet er Anderen ausdrücklich, was er sich verbietet.
So war er bezüglich des נותן טעם לפגם am מסה erschwerend
für sich und genoss es nicht, Anderen aber erklärte er, der
Genuss desselben sei erlaubt[1]). Er fastete an beiden Tagen
des Neujahrsfestes, zugleich segnet er aber auch jene,
welche an diesen beiden Tagen essen, wie er auch selbst
fastend beide Neujahrstage für seine Familie Kiddusch
machte[2]). Er wehrte seiner christlichen Magd, im Winter
am Sabbath für ihn den Ofen zu heizen; da sie aber
wiederholt trotzdem geheizt hatte, so legte er jeden Freitag
vor Beginn des Sabbath an die Ofenthüre einen Verschluss
an, der erst nach Sabbathausgang entfernt wurde. Dieser zum
geflügelten Argument für R. Ms. Ueberfrömmigkeit gewordene Bericht soll hier klargestellt werden.

In Frankreich gestattete man allgemein, im Winter am
Sabbath die Oefen durch Nichtjuden heizen zu lassen, was
auch, wie uns R. M. selbst erzählt, im Hause seines Lehrers
(Samuel Falais?) geschah[3]). In Deutschland hingegen wurde
dies ebenso allgemein ni c ht gestattet. So werden uns
z. B. Simcha aus Speier, Isak Or Sarua, Chiskija

1) Taschb. N. 94. Elieser aus Metz gestattet es nicht. (S. מרדכי
zu Pessachim II. § 567).

2) RGA. Pr. N. 24: וגם התענה ב' יסים של ר"ה . . . הורה סהרים
וקידש בביתי was noch an vielen anderen Stellen erzählt wird, so z. B.
Taschb. N. 113. Nach N. 563 das. hätte er erst in seinen letzten
Lebensjahren (בסוף ימיו) an den beiden Neujahrstagen gefastet. Das.
N. 115 heisst es: ואומר שנאין אחד אסר ולואי שיהו בל ישראל מתענין
בשני יש של ר"ה אבל הא כתב בתשובה אחרת האיכל לשם שטים תבא
עליו ברכה . . . תבא עליו ברכה Vgl. RGA. Chajim
Or. Sar. N. 49: יעיר כתב ראיה סעורי רבינו מאיר וצ"ל שהיה סקדש על
השולחן לבני ביתי ב"ס ש"ג : של ה' רה אעפ"י שהיה מתענה.

3) Cr. N. 5. Pr. 92: וישאלתם על הגויות המחממות בית החורף בשבת
בצרפת היו נוהגים היתר בבית מורי ז"ל ואסר שרבי' יעקב מאורלינש וצ"ל
התיר אפילי לומר לגוי לתקן האש סטים שאין בי סבנה ואוסר לגוי ועושה
והבל חילב אצל האש לישב בקירות.

aus Magdeburg und Abigdor Kohen aus Wien genannt, die dies streng verboten hatten[1]). R. Jomtow wundert sich über diese in Deutschland übliche Erschwerung,[2]) und R. M. sagt, dass ihm nicht das Recht zustehe, diese hier schon eingebürgerte Erschwerung aufzuheben. Darum musste er jedesmal vor Sabbath-Anfang seinen Ofen absperren lassen, damit ihn nicht seine zu dienstfertige christliche Magd durch ihr Heizen in den Verdacht bringe, als wollte er die in Frankreich übliche leichte Behandlung dieser Frage auch in Deutschland einführen, wozu er in Wirklichkein Recht hatte[3]). Die Erschwerung ging also nicht von R. M. aus, sondern von den deutschen Juden, die im Gegensatz zu den französischen hierin peinlich skrupulös waren, und er fügte sich ihr gegen seine bessere Ueberzeugung von dem correcten Vorgehen der französischen Juden[4]) nur aus hergebrachten Opportunitätsgründen. Aehnlich erzählt er, Rabbenu Tam habe gestattet, dass man sich in der Nacht am Sabbath vom christlichen Mädchen

---

[1] In ed. L. N. 316 wird gleich am Anfang die Entscheidung Simchas ausführlich gegeben und begründet. Chiskijas Entscheidung hierüber findet sich in ed. L. N. 200. Isak O. Sarua und Abigdor Kohen aus Wien hielten sich in keinem Zimmer auf, das am Sabbath geheizt wurde. (S. Respp. Chajim Or Sarua N. 199).

[2] Pr. 478. שו"ת הרשב"א I. 857 und Hag. Maim. zu הל' שבת VI: מענורי אני משתיםם על האוסרין להתחםם בנד ausruft: רבינו יום טוב wo אש הנוים בשביל ישראל בשבת כי יאיתי את אבא ... שתולם שהיו פרושים יהיו מתחםםים יבן נהולי עולם ... ילילי יתסהו עלי היתי םתיר והמתחםםים יתענני על רוב שלום. Hierauf schliesst: אף האםירה בפירוש und bemerkt R. M. in ed. Pr. אך רבינו שמחה כתב להיוך לאסור ויאיתי. In ed. L. l. c. ruft R. Jemtow im Feuereifer für das Ofenfeuer aus: ויהא חלקי ם המתחםםים ילאין (d. הפירושין d. הפירושין) (ילא ם).

[3] Cr. l. c. אם"כ ויל לאמור בשלבותינו םשום דברים המתירים ואחרים נסו בהם איסור שנהני ... אי אתה רשאי להתירם באניהם ואני הייתי םומה בשםחתי והרניעני שהיתר םתחםםת בצנעה יעשיתי לו ספרית (Pr. וכבל ערב שבת אני םורי ואניחו סורי עד םוצאי שבת). Vgl. die übrigen vorgenannten Quellen.

[4] Dass R. M. seine Ueberzeugung hierin nicht geändert hat, beweist die in den Hag. Maim. gleich darauf folgende, schon mehrfach erwähnte Erzählung, wie sich seine Schüler in Wasserburg

ungeheissen leuchten lasse, und dass Elieser a. Metz, wenn sein Schüler Samuel aus Bamberg — der Verwandte und nachmalige Lehrer R. Ms. — in der Sabbath-Nacht auf das Zimmer schlafen gehen wollte, zu seiner christlichen Magd, deren Namen sogar eine Quelle aufbewahrt hat, ausdrücklich sagte: „Gehe und ziehe dem Samuel die Schuhe aus", dies war ein Wink für sie, dass sie ihm leuchtete[1]).

Bezeichnend sind noch folgende Bestimmungen und Gebräuche R. M.'s. In den Rhein-Gemeinden hat er den schönen Brauch eingeführt, dass die Gemeindemitglieder an dem Sabbath der Trauerwoche die Leidtragenden vom Tempel bis nach Hause begleiteten, um ihnen damit einigen Trost zu bereiten; und Jakob Mölln bedauert es, dass dieser schöne Brauch in Oesterreich nicht geübt wird[2]) Fällt Rosch Chodesch „Ab" auf den Sabbath, so liess er, nach der Tradition seiner meisten Schüler, nicht die Haftara für Sabbath Rosch Chodesch (Jes. Cap. 66) sondern die für den vorletzten Sabbath vor dem 9. Ab bestimmte (Jerem. Cap. 2) vorlesen, wonach man sich im oberen Rheinkreis, besonders in Mainz gerichtet hat und wonach auch wir uns heute richten[3]). Er gab sich am

vom christlichen Dienstpersonal in der Nacht am Sabbath das Ofenfeuer durch Nachlegen erhalten liessen und mit Behagen um dasselbe sassen.

[1]) Pr. N. 598: כתב הרב בשם בית שהיה סדר לישראל להיות כן הני שהשעחה מטללת בשבת לציין ישראל . . . וסי' הניד שראים היה לי שהחה ששום היודין יבליל שבת בשמיי הדראה רצה ליֿך לישן אמר ראש לשמחה לבי יתחלין לשסיאל מעליו והא הרנישה ולקחה הני יהלבת עמי להאיר לי. Nach Hag. M. zu שבת הי XII. ist hier Samuel aus Bamberg gemeint. Daselbst heisst es: ישמעתי שבזב הי שסיאל סכבנביב שרבי ראש צים לשטעחה לילן עם בחורים לחתין מעליהם בלילי שבת בדי סתקה הני להאיר לעצמה והו וו הם משתפשים לאוו. Der erste Bericht klingt jedoch ursprünglicher.

[2]) אמר מהריל שאין דרך בני ed. Warschau 1874. p. 84b: אוסטריין שהצייכיר סלוין האבל לבית בשבת שבו היסים יסה סביג בני ריינים שנוהבין בן עם מהריב דרך נחסה הוא.

[3]) RGA. des מהריל. N. 17. Höchst interessant ist darin folgende Stelle: וסה שאלני נער המסטיר ואמרתי לי ליֿך לסהיר ולסן והיה השסים:

Sabbath einen Riemen in Helm und Gürtel als Sturmband[1]). In der ersten Nacht des Neujahrsfestes pflegte er zu essen vom Kopfe eines Widders, zur Erinnerung an den anstatt Isaks geopferten Widder, hingegen scheute er sich nicht, wie Andere, in dieser Nacht Nüsse zu essen[2]). An Halbfeiertagen gestattete er nur dann Geld zu verborgen, wenn man auf alle Zinsen davon verzichtet, wie er es selbst gethan hat[3]).

Er sagt: Die Glaubensmärtyrer fühlen nach ihrem gefassten Entschlusse, für den Glauben sterben zu wollen, gar keine Schmerzen unter allen Qualen, die ihnen bereitet werden; darum sehen wir sie zu Tausenden in den Feuertod gehen, ohne einen Schmerzenslaut von sich zu geben, was sonst physisch unmöglich wäre. Taschb. 415. Er sprach nach seiner Mutter das Kaddisch-Gebet beim Leben seines Vaters, was aber unterlassen werden soll, wenn der Vater dagegen ist. Das. 425. Vgl. ed. P. 517.

Die Vögel, die angeblich R. M. auf den Bäumen wachsen lässt, hat man ungerechterweise ihm aufgebürdet: denn das Responsum, in dem von solchen Vögeln die Rede ist, gehört nicht ihm an, sondern seinem Lehrer Jsak Or Sarua[4]).

כסא׳ וברוך חזן אבי העזר אב״י חון אבי העזר אא״ר לא שלא הצה להשניח עליו ואס׳ לבני שטעי ושתקתי כי התושבים נם הם העידו שלא שטעי שעילם אלא שטעי ובמרוסה שהאמת אתם סבה ספר אנודה אבן בסקם שיעשטס שנתו סהרם כנן בלליל העיין ראי״ שטאאר בסקם שיעיל העין שם יהו סידותי. Es herrschte also in Mainz selbst Unsicherheit in der Tradition über die hierin von R. M getroffene Bestimmung. Vgl. hierüber Hag. Maim. zu תפלה ה׳ XIII. 4. שיעת תרוסת הרש׳ N. 19 und שיעת אורח חיים § 425.

[1]) Taschb. N. 69. סהרם זיל היה סכניס בשבת רצועה בכובע בגדיו שלו יבחנתי שלא יסיל. S. Raschi zu Talm. B., Sabbath, S. 62a und Maimuni שבת ה׳ XIX. 1. Vgl. hierüber noch Hag. Maim. zu שבת ה׳ XXII, 31. S. noch ארחת חיים zu היש, S. 48d. N. 138.

[2]) Taschb., N. 118.

[3]) Das N. 166. Hieraus, wie aus dem Umstand, dass er seiner Enkelin Rachel die Mitgift gab, ersehen wir, dass R M. nicht unvermögend war.

[4]) Ed. L. N. 160 gehört dem Isak Or Sarua an, denn es heisst darin: ואסר סורי נ״ר אריה ששטע סאבי ר׳ יצחק שרית הצריבם שהיטה ושלה לבני אעגילטרא שצריכין שיעשה וכן אל סורי נ״ר ארזה הלבה לסעשה שיש

Ueber die Nachkommen R. Ms. ist soviel wie Nichts
zu unserer Kunde gelangt. Es wurde schon hervorgehoben,
dass im Auswanderungsbericht des Wormser Minhagbuches
nur von Töchtern und Schwiegersohn (Schwiegersöhnen) R.
Ms.[1]) die Rede ist, aber nicht von Söhnen; nur einmal
fanden wir gelegentlich erwähnt, dass vor R. M. dessen Sohn
verhaftet wurde, dem wir aber nirgend weiter begegnen.
Wir können darum Löwysohn nicht beistimmen, wenn
er in den Schlussworten des genannten Berichtes die
defecte Stelle ובנותיו .... שנהרג אֵיךְ ergänzen will in אֵיךְ
שנהרגו בניו ובנותיו. Dass aber eine Tochter, Namens
Rebekka, vor 1297 im Greisenalter den Märtyrertod erlitten hat, wurde schon oben berichtet. Sonst wissen wir
nur noch von einer Enkelin Rachel, die in dem ersten Jahre
ihrer Ehe kinderlos gestorben ist, so dass R. M. die Mitgift,
die er ihr gegeben hatte, nach ihrem Tode zurückbekam.[2])

Eine noch minderjährige Tochter von ihm wurde
unter seiner väterlichen Intervention einem Manne angetraut.[3])
Nun hören wir durch zwei Jahrhunderte Nichts von etwaigen
Nachkommen R. Ms. Erst vom 16. Jahrhundert an begeg-

לשומטם .... Auch im מרדכי zu Chulin, § 735, heisst es zur selben
Stelle: ואיסר רבינו יהודה ששמע מאביו ... . ובן אסר לי רבינו יהודה Juda
b. Isak. Sir Leon aus Paris, auch נר אריה genannt, (st. 1224). kann mit
R. M. nicht mündlich verkehrt haben: aber der Lehrer R. Ms.
Isak aus Wien, gehörte zu den Schülern Sir Leons, und zu
ihm sprach sich der letztere über die in Rede stehende Frage aus
wie über so viele andere Fragen.

Wenn noch Dr. Güdemann in seiner »Geschichte des Erziehungs-
wesens«, u. s. w. Wien 1880, S. 117. schreibt: »Wenn Meir Rothenburg
Vögel in der Luft wachsen lässt« und in der zugehörigen Note auf unser
Respons, hinweist, so hat nur der geschätzte Nachfolger des Isak aus
Wien in edler Weise seinem einstigen Vorgänger die ihn belastenden
Baumvögel abgenommen und dem R. M. aufgebürdet.

[1]) Bei Löwysohn l. c.: יחתני, bei Fuld in Schem Hagdolim l. c.
יחתני.

[2]) Respp. zu Maim. הי אישׁית N. 26.

[3]) In ed. B., Handschr. Amsterd. I. N. 201: וכהיג נ'ל רמותר לקדש
בתו קטנה .... ובן עשיתי בבתי קטנה אמרתי לה בתי קבלי קידושיך אם את
החצה. Unterschrieben ist מאיר ביר ברוך שיחי.

nen wir wieder Trägern des Beinamens „aus Rothenburg"
(מרוטנבורג), die sich zu den Nachkommen R. Ms. (ממשפחת
מבוע מהר"ם מרוטנבורג) zählten. Einer von ihnen, R. Eljakim,
schrieb sich die Geschichte der Gefangennahme seines berühmten Ahnen in sein Exemplar der Responsen des letzteren;
von hier schrieb sich sie wieder ab ein jüngerer Sohn
Eljakims in den kleinen Mardochai".[1])

Eine Tochter Eljakims starb Anfang 1686 in Prag,
deren Epitaph die Abstammung Eljakims von unserem R.
M. ausdrücklich besagt, wie wir einer ganzen Reihe seiner
Nachkommen in den Prager Epitaphien begegnen.[2])

[1]) Nach Neubauers Mittheilung in „Revue des études juives",
12, 93. heisst es in cod. Oxford 673, dem kleinen Mardochai, nach
Schluss der Erzählung von R. Ms. Gefangennahme. בלשון זה מצאתי
בעוצר (sic) הבבוד בקיק ויירמש כתיב איא אלן (ans abbrevirt viell. א' לנצח
נטריה oder אלהי נטריה) הריר אליקים הסבונה ר' נעטשליק זה הלשון אל תוך
הספר שאלות ותשובית של מהר"ם ולמטה בתיב אחי הגדול מהריר נדליא בן איא
הריר אליקים.

Herr Professor Kaufmann, der mich auf diese Mittheilung Neubauers aufmerksam machte, meint in seinem an mich hierüber gerichteten Schreiben, R. Eljakim habe seine im kleinen Mardochai uns
erhaltene Erzählung abgeschrieben aus der dem Minhag-Exemplar der
Breslauer Seminar-Bibliothek zugrundegelegenen alten Aufzeichnung.
Diese wurde aufgefunden 1616 bei der Wegräumung des Schuttes der
1614 durch die aufrührerischen Handwerkerzünfte zerstörten Wormser
Synagoge, wie der Erzähler des Bresl. Exempl. vorher selbst berichtet:
כל זה מצאתי בנייר אחד ישן וטשוטשש בשנת שעו לפרט בשער שטונה העפר
האבנים סן הב"ה מה שחרבי הסורדים וגם מצאתי בזה הניר נזרת שרש שרש בשנת
תעו ועוד מצאתי בכתב הזה בזה הלשון סוריני הרב ר' מאיר מרוטנברג יב"י.

Die im Oxforder kleinen Mardochai genannten Vater und Sohn sind
offenbar dieselben, die im Memorbuch zu Pfersee unter denselben Vornamen
mit dem Beinamen מרוטנבורג genannt sind. (S. Perles in Frankel-Grätz's
Monatsschr. 1873 S. 511.) Der im Text genannte Eljakim ist der ältere
Eljakim des Memorbuchs, der Grossvater des gleichnamigen Verfassers
des 1618 in Prag erschienenen Commentars נאולת הגר, zu den Targumim
der fünf Megilloth, wovon Seder Haloroth s. v. sagt: נאולת הגר ממשפחת
מהרים רוטנבורג ביאור על תרנום על ה' מגילות וביאור קצת פסוקים שע"י
(שעית wol).

[2]) Vgl. „Die Familien Prags" von Simon Hock, S. 336. Da jedoch
die von Leopold Popper angelegte handschriftliche Sammlung Prager
Epitaphien — jetzt im Besitze seines Sohnes Dr. Moritz Popper —

Nachdem wir ausser dem einen verhafteten Sohne in
sämmtlichen Quellen nur Töchtern R. M.s begegneten und
dieses beharrliche Schweigen von Söhnen R. M.s uns ein hinrei-
chender Beweis ist, dass er sonst keinen Sohn hatte, so konnten
alle den Namen Rothenburg tragenden Nachkommen R. M.s
nur von diesem einen, der völligen Vergessenheit anheim-
gefallenen Sohne abstammen. Im Allgemeinen jedoch, wo die
Descendenz nicht ausdrücklich angegeben ist, berechtigt uns
das einem Namen beigefügte ‏מרוטנבורג‎ keinesfalls, den so Be-
zeichneten ohneweiters als Verwandten oder gar als Nachkommen R. M.s hinzustellen.

hierin vollständiger ist, so gehe ich die Daten hier nach dieser Sammlung in chronologischer Reihenfolge. Daselbst lautet eine bei Hock
fehlende Grabschrift aus dem Ende des Jahres 1665 (‏יום א' בית בסליו‎
‏תכ"ו לפ"ק): הלך לישיבה של מעלה החסיד הסכודם האלוף מהרר מאיר‎
‏הסב'עה ר' סהרר ב שמש בן החסיד האלוף מהרר נדלי וציל כשלשלת היתה‎
‏הנאון סהררם סרוסין בערנ תנצבה‎

Eine aus dem Anfang des Jahres 1686 (‏יום ה' ו' שבט תסי' ליק‎
‏ש ש סרת בריינדל בת הנאון אבד רים האלוף (sic.) ‏ויקבר) לאותet: ‏ביים ה' ו' ב'‎
‏הסרוסם סיה אליקם וציל כטשפהת סהרים ריסין ברנ תנצבה‎.
Ferner lautet eine aus dem Jahre 1704 (‏יום ד' יוד אייר תסיד לפ"ק‎
‏סה נטם] הישיש סיה נדלי שפי] ס"ה בן החסיד סיה סהרים וציל סרוסין ברנ שש ש‎
‏ויום ב' י"נ אלול תעיס לפ"ק) und eine aus dem Jahre 1719 ‏דקלויי תנצבה‎
‏ש ש האש סרת היגדל בת הגעלה סיה בן האלף סיה סהרים וציל אשת ר'‎
‏ואלקינר צירף שש שש הניה ‏יין‎
Diese beiden letztgenannten bilden die Doppelinschrift eines Steines.

In einer zweiten Doppelinschrift lautet die eine aus dem Jahre
1608: ‏ויום ב' ביש סרהשין תש ט סהלה מי רחלה בת ליהסן זיל) ‏ש ש הצניעה מי לפ"ק‎
und die andere ohne jedes ‏אשת בסר סהרים יין בן ריל הי סהרים שש ש‎
Datum: ‏ביק אהד סהיק ‏יניה היקר בן ריל רי סהרים שש ש סגוע‎
‏סהרים רוסן ברג זיל תנצבה‎.

Wir begegnen hier abermals den in dieser Familie immer wieder-
kehrenden Namen: Meier, (Maharam) Gedalja und Eljakim. Bemerkenswerth ist die hier consequent festgehaltene Schreibart: ‏רוסן בערנ‎ oder
‏ברנ‎; sie mögen in Prag durch ihren Weissen Berg analog an einen
Rothen Berg gedacht haben.

Den hier vorkommenden ‏ריל‎ will Kaufmann in seiner Anmerkung
zu Nummer 4878 in Hocks „Familien Prags" l. c. mit Recht identificiren
mit dem gleichnamigen Grossvater jenes Schreibers Ephraim, von dem
es am Schlusse des Halberstam'schen handschriftlichen ‏אבי העזרי‎ heisst:

Dass die Zahl der Schüler R. M.s gross war, ersehen
wir aus vielen Stellen seiner Schriften.[1]) Sie standen grössten-
theils in reifem Mannesalter und waren häufig schon Ehemänner,[2]) die auch nicht selten ihre Frauen und ihre eigentlichen Wohnsitze zeitweilig für längere Dauer verlassen hatten
um fern von der Frau, in fremdem Orte zu den Füssen R.
M.s zu sitzen.

נזר יים הי הי טיב אליל תע בסראג ע י הסוסר אפרים בם צבי הירש בר י ליב
סיטנביטו סכוע סדרים (S. im Halberstamm'schen Katalog, S. 138.) Einen
ה י ליב רוטנבויי fand Kaufmann verzeichnet als בָּאִי צדקה und noch
einige Rothenburgs in den Hospitalacten der Wormser Gemeinde. Ihre
Abstammung von der Familie R. M.s ist mir jedoch noch fraglich.

[1]) Z. B. RGA. Cr. N. 3: ואתה מי יבל החביונת היושבים בשיבות
וישלום רב לפני הרב ילתיעתי וילכל שאבי תיסי. Das. N. 7: ישוע ששין ושירות
סתנות מאסף, עם בינות יאסף יקבץ עדרי צאן שדעית המצייינים. Das. N. 80:
יסן השסים ישלי וישקטו בבי. L. N. 425: ביקרה סתנוים שטטאיליס ימישטיס
וישסר וישקט. Das. N. 426: סודיני ותיתי וישיכתי עם בל הברים אל משסעתי
עם תיתי וישיבתי. Es wohnten auch Schüler bei ihm im Hause in se-
paraten Zimmern, s. das schon citirte ולבל חדי יחדי של בל בתיו יכתיו
in Cr. N. 108. Vgl. תשביבת סדריל N. 94.

[2]) Pr. N. 539: ל י ויהיה (sic.) מעשה בתלסיד אחד שנסטו בבית
אשה ובקש סי לבקש (לקבל) לה גם שלא תוקק להם רצה רי לקבלה.
בסירי הוה עיבדא שנעערב Von Schülern ist noch die Rede das. N. 725:
מעשה בבחיר עבמי בחיר בלוסרא ינדר לו.... ותבע הבחיר ואסר Das. 971:
אחד שהלך בספיעה ועי עריהם אי עט ונסבע הוא והנייס שעטי.... יבלי
הבחיר טבעי בם בן.... ועתה קריבי האשה אוסרים שיש עדית בידאי שטף
ferner Taschb. N. 6: (סהרים) אותם הבחירים ההולכים ללסוי שלא אצל ואוסר
נשותיהם שצריבים להדליק בערב שבת ני ילבך עליו..... אבל סי שהוא
בחדר אצל אשתי בעיר איני צריך להדליק S. ארחית חיים. 44 d., N. היש z.
11. Vgl. תשי סדריל N. 144—145.

Zur Zeit des Maharil galten unter 20 Jahre alte Schüler noch
für sehr jung als solche. Er erzählt: הנה ישני סויסב סי בחיר חשיב אחד
שחביני ישטו החיד ולם שטן ויש לי בחורים תלסידים וחבורים בבתי איבלי
שלוחני בשבר ומהם יניקים סאזתים בחזתים מעשרים יסני להם הפשט יקצת סשא
יבחן באשר יבלי שאת. (Das. N. 96.) Auf der anderen Seite war darunter
ein kaum 16 Jahre alter Schüler schon verwittwet: יבתיך בך אחד ס
התלמידים אלם יבבו שיתאסר שטי לני לקח יד סרי רחל (Das.)

Interessant nach mannigfacher Richtung wäre der Nachweis: wo
und wann ungefähr die Bezeichnung בחירים für תלסידים — verheirathete
wie unverheirathete — zuerst vorkommt. In den RGA. R. M.s, Pr. N.
971 wird auch die Frau des בחיר genannt: בחורה.

Bekannt sind uns folgende, jedenfalls die hervorragendsten Schüler R. M.s.

Mardochai ben Hillel, geboren in der ersten
Hälfte des 13. Jahrhunderts, gestorben als Märtyrer 1298 in
Nürnberg. (S. über ihn die mehrfach erwähnte umfangreiche
Arbeit von Dr. S. Kohn in Grätz's Monatsschrift 1877, Seite
78 ff.).

Ascher ben Jechiel, geboren in der Rheingegend,
wahrscheinlich in Cöln, um 1250, starb in Toledo 1327. (S.
über ihn Grätz, Gesch. d. J., VII, 251 fl.) Er ist der einzige
seiner Schüler, an den R. M. zahlreiche uns erhaltene Responsen gerichtet hat, aus welchen wir auch seine ausserordentliche Liebe und Verehrung für diesen Schüler ersehen,
den er mehr als Freund betrachtete.[1]

Schimschon bar Zadok, starb nach Juchasin und
Seder Hadoroth 1312, (5072) er verfasste den תשבץ, worüber
Näheres im II. Bande, Capitel „Schriften".[2]

Meir Hakkohen (aus Rothenburg), Verfasser oder
Sammler der „Hagahot" zu Maimunis „Mischne Thora", er
in Rothenburg gelebt hat. (S. oben Seite 35, Anmerk. 2).[3]

---

[1] Er schreibt während einer ernsten, schon 12 Tage andauernden
Krankheit zweimal an ihn, wo er ihn bittet, für ihn Gebete zu verrichten, auf deren heilsame Wirkung er mit vollster Zuversicht vertraue, dass sie ihm Gesundheit erflehen werden: אנשי שהיים חסבצי
בראשישית זה לי קרוב לייב ימים שנחלשתי לא עביתי חסאיתיך ולא שכחתי ואת
אשר עם לבבי בתבתי . . . . . בשביע שעבר שכתבתי חי ימים סחסת חולי
הולירו שקסצה עלי סחסת חסקה רע אשר שתיתי ועתה, שבח לאל היקל לי
ותעתיר בעדי סיבטחני בתפלתך וכה שתעשה שירת וסירי יסירת. (RGA. ed.
Berl., Handschr. Amsterd. II N. 174.)

N. 116 (wovon noch die Anfrage in N. 117 einen Theil bildet),
und das letzte Resp. in der aus mehreren Respp. zusammengesetzten
N. 1020 in ed. Pr. gehören Ascheri an. Die Antwort R. M.s beginnt in
N 116 mit dem herzlichen Zuruf: דרוין דשן עצמותיך ויאריבו ימיך בנעיסי.
An Ascheri ist auch das Schreiben des Salomo ben Adereth in תשו
הרשב״א I, N. 366 gerichtet.

[2] In Isserls Zusätzen zum Juchas. ist שסעון nur eine Corruptel
aus שסשין; bemerkenswert ist, dass er diesen nicht wie die anderen
תלסיר סהר״ם, sondern ושסרתי nennt.

[3] N. 78, ed. Prag, ist höchst wahrscheinlich an ihn gerichtet.

Chajim Elieser ben Jizchak Or Sarua. Seine Responsen liefern eine reiche Ausbeute an Entscheidungen, tradirten Grundsätzen und von ihm selbst beobachteten Bräuchen R. M.s, den er fast noch häufiger nennt als seinen eigenen Vater Isak.[1]) Seiner Responsen-Sammlung verdanken wir auch unsere Kenntnis von der Existenz und der Verhaftung des Sohnes R. M.s, sowie von der in Mainz stattgefundenen Versammlung der Rabbiner und Vorsteher der Rhein-Gemeinden zur Berathung über den Zahlungsmodus der von den Juden geforderten enormen Steuer von 30000 Mark.[2])

Chajim bar Machir,[3]) der über das am 11. October 1285 in München stattgefundene Judengemetzel — wovon oben Seite 64 die Rede war — eine Selicha gedichtet hat. (Zunz, „Literaturgeschichte“, S. 363). Er war ein Lieblingsschüler R. M.s, der ihn stets חביבי anspricht und auch in der Krankheit ihm schreibt.[4])

---

[1]) N. 105. ed. Pr., ist wahrscheinlich an ihn oder — was noch wahrscheinlicher — an Chajim b. Machir gerichtet. Das סנים יגני in der Anrede lässt darauf schliessen, dass R. M. damals schon im Gefängnis war. Das Resp. des Salomo b. Adereth in תשובת הרשב״א I. N. 571, ist an ihn gerichtet.

[2]) S. oben Seite 68 und 76.

[3]) Dieser wird meines Wissens von keinem der Bibliographen und Chronographen unter den Schülern R. M.s genannt, und doch geht es zur Evidenz hervor aus seinem an R. M. gerichteten Resp. in ed. L., N. 426, wo er im Verlaufe des Schreibens sagt: מסיבותיה דמר אדון לפני כאשר בהיותי יוצק מים על ידיך באותה הלכה בשם מהרית סניאושש (חיים סניששט זיל). N. 386 in תשוב׳ הרשב״א I, das aus Böhmen an Salomo ben Adereth gerichtet ist, ist auch von חיים ברבי סכיר mitunterschrieben. N. 611 in ed. Pr. ist von beiden, von Chajim ben Machir und Chajim ben Isak unterschrieben. Vielleicht ist der Jakob b. Machir, an den N. 395 in תשוב׳ הרשב״א I gerichtet ist, ein Bruder des Chajim b. Machir.

[4]) שרא לי חביבי אם דברי מעטים כי זה לי קרוב לשבועיים שאני שוכב ובל מאכלים שאני טועם לא ערבו לי לא אליך והתשובה עבור הצדקה כתבתי לך ע״י שליח ששטו סול ושבחתי בל אורך הדברים אך זה אני זכור עדיין שבתבתי הכל בסו שכתבת אך זה הוספתי . . . . ואתה שלום ובל אשר לך יאיר שלום בנפש סאיר. RGA., ed. L. N. 425. Aus dieser ganzen Stelle spricht der Ton warmer Freundschaft. Der Name סול soll wahrscheinlich richtig lauten פויל, das slavische Pavel für das deutsche Paul. In der letzten

Joël aus Oppenheim, dessen Schüler Oser aus Schlesien ist, der wieder Lehrer Israel Isserleins ist.[1])

Isak aus Düren, Verfasser des שערי דורא oder איסור והיתר, lebte auch noch zur Zeit des viel jüngeren Rabbenu Jerucham.[2])

Endlich spricht Vieles dafür, unter seine Schüler zu zählen: Menachem ben Dawid und Hillel bar Asriel, beide aus Würzburg, die fast immer gemeinschaftlich ihre Anfragen an R. M. richten, wo sie sich nicht nur am Schlusse ihres Schreibens seine Schüler nennen, sondern auch in dessen ganzem Verlaufe sich deutlich als seine Schüler zu erkennen geben.[3])

Anmerkung sahen wir Chajim b. Machir eine Anfrage aus Böhmen mitunterzeichnen, so kann dieser an ihn geschickte Briefbote leicht ein Böhme gewesen sein, den er zu solchen Sendungen verwandte. N. 426 das, schreibt er ebenfalls an ihn: דיש תדושן שאת פרח (v. בירוי (בריוי) שוש‎ן חביבי.

Noch wärmer ist nachfolgende Anrede gehalten. In derselben Nummer schreibt er später an ihn: לי מה יקרו אמרותיך ומה עצמו דברותיך סקר חיים מי צדיק יסוכו סעיינותיך נוזלים סתוך בארותיך תרוסות סתרוסות סדיניך ואם בטבילת אצבע בצציחית דבש עדותיך בסתק חבי וסמתק נוסף ציף שיחתיך על אחת במה. וכמה. אם מה אל מה. אדבר בך ועלי תטוף סלתיך חיים שי יסיס: לך סנות חיים על סניתיך כנסשך סבעך ובנש הרשום סר לסשסעתיך שואף צמא לשסיע שלותיך.

Im weiteren Verlaufe desselben: בזה יקבל חביבי את תשובתי.

[1]) Isserls in den erwähnten Zusätzen zum Juchasin. וב היה תלמיד סהרים רי יואל סאוסינהיים ותלמידו הריר עוזר מסלעויא ותלמידו מהריר איסריל אשר עשה ספר תרוסת הדשן.

[2]) S. sein genanntes Werk und Asulai „Schem Hagdolim" I und II s. vv.

[3]) S. z. B., Cr., N. 3 (gehört eigentlich zu N. 4) und Pr., N. 92 ihre gemeinschaftliche Anfrage: סעת נלינו סעל שולחן סור הרב רבי סאיר und im Verlaufe derselben in ed. Cremona: וכסדיסה לי שאסרת לי לשתיק . . . . ואיני יבול לססוד על זה כי סSא סניתי ולא הבנתי ספר על דעתך לי תכתוב לכן היוסר. S. auch Cr N 23 u. 205. An der letztgenannten Stelle: סוריי קרובי הרי סנחם והרי הלל bezieht sich das nur auf R. Menachem, unter dem hier Menachém b. Natronai, der Verwandte R. M.s, gleichfalls aus Würzburg, gemeint ist. S. oben S. 19 Menachem b. Dawid war kein Verwandter R. M.s. S. Cr. 63.

Ausser diesen unmittelbaren Schülern kennen wir noch mehrere zeitgenössische Verfasser hervorragender halachischer Werke, die die Lehr- und Lebensweise R. M.s aus Selbstbeobachtung genau kannten, sich dieselben für ihr eigenes Leben und Lehren zur Richtschnur machten und in ihren Werken schriftlich weiter tradirten, die darum auch nach ihrem Hauptinhalte als von R. M.s Schule ausgegangene Schöpfungen zu betrachten sind. Auch von ihnen soll im zweiten Bande die Rede sein.

Berichtigungen und Ergänzungen.

Seite	Zeile	lies	statt
5	vorletzte	gewidmet werden, um	gewidmet und
5	letzte	werden zu können	werden
6	3 v. o.	entstammte	entstamte
12		das dort im Namen Lewysohns wiedergegebene Argument aus der Erzählungsform אמר: עלי fand ich seither schon bei Ahron Worms in seinem „Ben Nun" S. hier Seite 94, Anm. 3.	
16	3 v. o.	sind ausgefallen die Worte: „dazu bemerkt Isserls".	
17	Anm. 3	ist noch zu vergleichen מחנה לויה S. 56a, N. 107. Der in RGA. ed. Cr. Resp. 144 genannte שור הר יוסף וצץ בסיל dürfte mit diesem Oheim R. M.s identisch sein, wenn auch dort das דירי fehlt.	
22	16 v. o.	24	23
23	17 v. u.	Sarua	Sarna
24	4 v. u.	סיירי	סייר
31	letzte	Deutschland	Russland
47	11 v. o.	ist nach dem Worte „niederlassen" zu ergänzen: „aber schon vor der Steuerausschreibung daselbst ihre Wohnung gemiethet hatten".	
60	6 v. u.	mit dem	mit
87	3 v. o.	שיחי	ישיחי
89	8 v. u.	(dort verdruckt in ציינה לי) ציון הלי לראש סרנא	
89	Text 5 v. o.	1307	1207
92	16 v. u.	hiess	hies
95	9 v. u.	études	etudes